परमयोद्धा प्राक्षी

प्रणव सिंह राजपूत

“

<u>वक्रतुण्ड महाकाय सूर्यकोटि समप्रभ ।</u>

<u>निर्विघ्नं कुरु मे देव सर्वकार्येषु सर्वदा ॥</u>

”

Fiction

*मैं धन्यवाद देना चाहता हूँ वात्सल्य, निश्छलता की प्रतिमूर्ति एवं मार्गदर्शक पिता "**श्रीउदयवीरसिंह**" व ममतामयी एवं प्रथम गुरु, सदैव वंदनीय माता "**श्रीमतीसुनीता**" को जिनकी पावन छाया में सदैव ज्ञान और शांति का अनुभव किया है ,और इस योग्य बना कि सृजन-पथ पर चल सका ।*

क्रम-सूची

प्रस्तावना

"साहित्य" काल्पनिक पुष्पों का उपवन हो या यथार्थ के कठोर धरातल पर लगने वाला कंटीला वृक्ष। यदि वह किसी मस्तिष्क को प्रेरित कर सके किसी हृदय को भावादोलित कर सके. तभी वह साहित्य की संज्ञा से विभूषित होने योग्य है।

कल्पना के माध्यम से सुसंस्कार बच्चों के मन पर शीघ्रता से अंकित हो जाते हैं ,क्योंकि बच्चों का मन यथार्थ की कठोर भूमि के समपर्क में नहीं रहता । इस संसार के प्रत्येक प्राणी का शरीर पाँच भौतिक एवं सूक्ष्म तत्वों से मिलकर बनता है- पृथ्वी जल, अग्नि ,वायु और आकाश ।

एक प्राणी के शरीर में यदि ये पाँच तत्व संतुलन में रहते हैं तो वह स्वस्थ रहते हुए अपनी शारीरिक और मानसिक शक्तियों का विकास करता है , और यदि इनमें असंतुलन की अवस्था आती है तो उसकी शारीरिक और मानसिक शक्तियां क्षीण होने लगती हैं। इस पुस्तक सीरीज़ के पहले भाग में हमने एक योद्धा का उद्गम देखा था , परन्तु पिछले भाग के अंत में कुछ बातें अधूरी रह गयीं , और अपने पीछे कुछ सवाल छोड़ गयीं , उन्हीं सवालों का जवाब हम इस भाग में ढूंढने की कोशिश करेंगे ।

प्रस्तुत पुस्तक में लेखक ने इसी "संतुलन" के महत्व को भारतीय दर्शन, योग एवं विज्ञान को कल्पना का पुट देते हुए स्पष्ट करने का प्रयास किया है। आशा है पुस्तक पाठकों की अपेक्षाओं को पूर्ण करने में सफल होगी।

भूमिका

भाई बहन का रिश्ता बड़ा ही प्यार और नोक झोंक वाला होता है। यह एक ऐसा रिश्ता है जिसमें कितनी मर्जी लड़ाई-झगड़ा क्यों न हो लेकिन दोनों कुछ ही देर में फिर से ऐसे बात करने लगते है कि जैसे कुछ हुआ ही न हो। बहन अपने भाई की लंबी उम्र की जहां दुआ मांगती है, वहीं सदा अपने लिए भाई से हर मुसीबत में रक्षा का वचन भी मांगती है। इस पवित्र रिश्ते से बढ़कर कोई रिश्ता नहीं है।

बहन भाई सबसे अच्छे दोस्त भी होते हैं। कभी-कभी जो बातें बेटे के मन की मम्मी भी नहीं जान पाती वो एक बहन झट से समझ लेती है। भाई की शादी का जितना चाव एक बहन को होता है शायद ही किसी और को उतना होता हो। इसे पढ़ते-पढ़ते आपको भी अपने भाई या बहन की याद आ गई न,ऐसा ही रिश्ता तो होता है भाई का बहन से और बहन का भाई से प्यार, दुलार और तकरार का।

प्रस्तुत कहानी में भी प्राक्षी जो की इस कहानी की नायिका है वह अपने भाई पार्थ से बहुत प्यार करती है , वह अपने भाई के लिए सब कुछ करने को तैयार है । उसका सामना किसी साधारण मनुष्य से नहीं है , बल्कि उसका सामना कुछ ऐसे लोगों से है जो की महाशक्तिशाली हैं । तो एक बार फिर यदि वो सारे महाशक्तिशाली योद्धा अगर पृथ्वी पर वापस आते हैं , तो इस बार दांव पर होगा , भाई बहन का प्यार और साथ ही वो चकत्कारी जल जिसके दो स्रोत्र अभी तक अनजान हैं । तो क्या प्राक्षी वो कर पायेगी जो उसके भाई ने किया , क्या वो उस जल की रक्षा के साथ साथ अपने भाई की उन राक्षसों से रक्षा कर पायेगी , जिनसे उसके भाई ने युद्ध किया , पर वो सब उसे चकमा देकर भाग निकले , आइये देखते हैं ।

पावती (स्वीकृति)

इस परियोजना को सफलतापूर्वक पूरा करने में, बहुत से लोगों मेरी मदद की है। मैं उन सभी लोगों को धन्यवाद देना चाहूंगा जो इस परियोजना से संबंधित हैं।

मुख्य रूप से, मैं इस परियोजना को सफलता के साथ पूरा करने में सक्षम होने के लिए भगवान को धन्यवाद दूंगा। फिर मैं Mr. **Pankaj Kumar** *को धन्यवाद दूंगा, जिनके मार्गदर्शन में मैंने इस परियोजना के बारे में बहुत कुछ सीखा । उनके सुझाव और निर्देशों ने इस परियोजना के पूरा होने में बहुत मदद की है, साथ ही मैं अपने भाई* Mr. **Pushpendra Singh** *और भाभी* Mrs. **Alpana Singh** *का धन्यवाद देना चाहूंगा, जिन्होंने हर पग पर मुझे प्रोत्साहन दिया ।*

मैं अपने माता-पिता और दोस्तों को धन्यवाद देना चाहता हूं , जिन्होंने अपने मूल्यवान सुझावों और मार्गदर्शन के साथ मेरी मदद की है और परियोजना के पूरा होने के विभिन्न चरणों में बहुत मददगार रहे हैं।

आमुख

“इस कहानी के सभी पात्र और घटनाए काल्पनिक है, इसका किसी भी जीवित अथवा मृत व्यक्ति या घटना से कोई संबंध नहीं है। यदि किसी व्यक्ति से इसकी समानता होती है, तो उसे मात्र एक संयोग कहा जाएगा।”

“All characters and events in this story are fictional, it has nothing to do with any person or event, living or dead. If it has a resemblance to a person, it will be said to be a mere coincidence.”

”

1

Prakshi's Tale

अग्नि और जल की कभी भी दोस्ती नहीं हो सकती । अग्नि और जल हमेशा से एक दूसरे के सबसे बड़े विरोधी रहे हैं। कभी जल अग्नि को शांत करता है और यदि अग्नि प्रचंड हो तो वह जल को ही सोख लेती है। कुछ ऐसा रिश्ता है , मनुष्य के शरीर में मौजूद इन दो तत्वों का । जहाँ एक तरफ अग्नि ऊर्जा , ज्वाला ,क्रोध और आक्रामकता का प्रतीक मानी जाती है वहीँ दूसरी और जल शीतलता , विवेक और शांति का । अग्नि और जल की निहित शक्तियां एक मनुष्य को कितना बड़ा बना सकती हैं, इसकी एक झलक हम हमारी कहानी के पिछले भाग में देख चुके हैं ।

पिछले भाग में हमने देखा कि किस तरह हमारा एक साधारण सा नौजवान जिसका नाम पार्थ सूर्यवंशी है वह अपनी स्वाभाविक ज़िन्दगी जीते - जीते किस तरह एक अनोखी जंग और एक अलग दुनिया का हिस्सा बन गया । इस यात्रा में उसे मिला अग्नि और जल की संयोजित और संतुलित शक्तियों का वरदान । जहाँ उसका लक्ष्य सिर्फ पृथ्वी पर मौजूद एक पवित्र जल की रक्षा करना था । वह उसमें सफल भी रहा , लेकिन उस यात्रा में उसे मिला अपनी ज़िन्दगी का सबसे बड़ा आश्चर्य जो एक स्त्री योद्धा के रूप में उसके सामने था । जिसके आधे मुख पर एक मुखौटा लगा था और उसके बड़े - बड़े पंख हवा में लहरा रहे थे । वह और कोई नहीं पार्थ की बहन प्राक्षी थी ।

जैसे ही प्राक्षी ने Mentis पर प्रहार किया ,वह फ़ौरन ECHO गृह लौट गया । यह देख कर पार्थ ने बड़ी विनम्रता से पूछा " हे देवी आप कौन हैं ?" पार्थ का ये सवाल सुनकर प्राक्षी ने अपना मुखौटा उतार दिया । अपने सामने अपनी बहन को इस तरह एक योद्धा के रूप में देख कर पार्थ हैरान रह गया । उसने कुछ बोलना चाहा परन्तु वह इतने असमंजस में था, कि उसके मुख से कुछ आवाज़ भी नहीं निकल रही थी । अपने भाई को इतनी असमंजस की स्थिति में देख कर प्राक्षी बोली "भाई तू पहले शांत हो जा मैं तुझे सब बताउंगी ।प्राक्षी ने पार्थ के बंधन खोले और जाकर उस छोटी सी बच्ची को अपनी गोद में लिया । पार्थ ने प्राक्षी के सामने अपने सवालों की झड़ी लगा दी। पार्थ को इतना बेचैन देख कर प्राक्षी ने कहा " मैं तुम्हे अपनी पूरी कहानी विस्तार और आराम से बताउंगी , लेकिन उससे पहले तुम्हें मुझसे एक वादा करना होगा" इस पर पार्थ ने कहा " दीदी आप जो वादा बोलो मैं करने को तैयार हूँ" इस पर प्राक्षी ने कहा कि मुझे तुमसे ये वादा चाहिए कि जब तक मैं तुम्हे पूरी कहानी बता न दूँ तुम किसी भी निष्कर्ष पर पहुँच कर कोई फैसला नहीं लोगे , ना ही कोई सवाल करोगे....। पार्थ ने कहा " ठीक है दीदी आप जो बोलोगे मैं वैसा ही करने को तैयार हूँ पर मेरे सब्र का बांध अब टूट रहा है ।" ये सुन कर प्राक्षी ने अपनी कहानी बतानी शुरू की... ।

वो रात प्राक्षी की शादी की पहली रात थी। दुल्हन के लिबास में सजी प्राक्षी चांदनी रात में अपने नए घर की छत पर अपने पति का इंतज़ार कर रही थी । प्राक्षी मन ही मन में यह सोच कर बहुत खुश थी कि उसके भाई ने उसकी सारी इच्छाएं पूरी कर दी हैं...। उसको जिस इंसान से प्यार हुआ था उसी से उसकी शादी हो गयी है... । प्राक्षी अपने सपनो की दुनिया में खोकर अपनी आने वाली खुशहाल ज़िन्दगी के सपने देख रही थी । सहसा तभी प्राक्षी की नज़र एक अजीब तरह के लॉकेट पर गयी जो वहीँ छत के कोने में बड़ी सावधानी के साथ रखा हुआ था... ।प्राक्षी के मन मे जिज्ञासा जगी और वह उस लॉकेट की तरफ बढ़ी.....। प्राक्षी वह लॉकेट उठाने ही वाली थी कि तभी वहां पर राहुल जो कि , प्राक्षी का पति है वह आता है और बड़ी हड़बड़ाहट में प्राक्षी को वह लॉकेट न छूने को कहकर उसको अपने साथ नीचे ले जाता है... ।

प्राक्षी कुछ समझ नहीं पाती और उस समय राहुल के साथ नीचे चली जाती है .....। प्राक्षी ने जब इतनी बात पार्थ को बताई तो पार्थ से रहा नहीं गया और उसने बीच में ही प्राक्षी को रोक कर पूछा " दीदी आखिर उस लॉकेट में ऐसा क्या था जो राहुल ने आपको छूने नहीं दिया, और इस वक़्त वो कहाँ हैं ? आपके साथ क्यों नहीं हैं ?" पार्थ के सवाल सुन कर प्राक्षी हँसने लगी और बोली " मैंने तुमसे इसीलिए ये वादा लिया था कि कहानी पूरी होने तक कोई भी बात नहीं करोगे । " पार्थ अपनी बहन की ये बात सुन कर बोला ..." ठीक है दीदी आप आगे बताइये ।" प्राक्षी आगे कुछ बता पाती , उससे पहले वह छोटी बच्ची रोने लगी ...।

पार्थ ने उस बच्ची की तरफ देखा और गौर किया और पार्थ ने जो गौर किया वह देख कर पार्थ बहुत हैरान हुआ । पार्थ ने देखा की उस बच्ची की आँखों से निकलने वाले आंसुओं का रंग हरा था, जो कि अमूमन किसी मनुष्य के आंसुओं का नहीं होता । इससे पहले कि पार्थ कुछ बोलता प्राक्षी ने उसका ध्यान बांटते हुए कहा कि " लगता है इस बच्ची के साथ मैं तुम्हें कुछ नहीं बता पाऊँगी , इसलिए सबसे पहले मुझे इस बच्ची को किसी सुरक्षित स्थान पर भेजना होगा"। इतना कहकर प्राक्षी पार्थ को वहीं रुकने के लिए कहकर मंदिर के पीछे गयी...।

अपनी जिज्ञासा के कारण पार्थ भी उसके पीछे जाने लगा और छिप कर देखने लगा...। वहां उसने देखा कि प्राक्षी ने एक मंत्र का जाप किया ..., उस मंत्र के जाप से वहां पर एक तीव्र ऊर्जा रुपी एक आकृति आयी , दूर होने और तीव्र ऊर्जा के कारण पार्थ उस आकृति को ठीक से देख नहीं पाया । प्राक्षी ने उस छोटी बच्ची को उस आकृति को सौंप दिया । बच्ची को लेने के बाद वह आकृति गायब हो गयी ...। प्राक्षी के वापस आने से पहले ही पार्थ अपनी जगह पर वापस आ कर बैठ गया....। प्राक्षी के आने के बाद पार्थ ने पूछा "क्या अब हम आगे बात कर सकते हैं?" इसके बाद प्राक्षी ने आगे अपनी कहानी बताना शुरू किया... ।

अपने पति के साथ नीचे आने के बाद भी प्राक्षी का मन उस लॉकेट की तरफ लगा हुआ था... । नीचे आने के बाद राहुल ने प्राक्षी को जल्दी सोने के लिए कहा और बोला .." कल सुबह हम लोगों को पूजा के लिए मंदिर जाना है ।" मंदिर का नाम सुन कर प्राक्षी थोड़ा आश्चर्य में पड़ गयी

क्यूंकि इससे पहले राहुल ने कभी भी मंदिर जाने के बारे में बात नहीं की थी। फिर भी प्राक्षी इस बात को थोड़ा नज़रअंदाज़ करते हुए सोने चली गयी...,, लेकिन अभी भी उसका मन छत पर रखे उस लॉकेट में अटका था ।

रात के दूसरे पहर में अचानक किसी अजीब सी आवाज़ के कारण प्राक्षी की आँखे खुलती हैं, और वह राहुल की तरफ देखती है पर राहुल वहां नहीं था... । वो अजीब सी आवाज़ें अभी भी प्राक्षी को सुनाई दे रही थीं ... । प्राक्षी कमरे से बाहर आती है तब वह आवाज़ें और तेज़ हो जाती हैं...। वह किसी मंत्र की आवाज़ थी , और वो आवाज़ें ऊपर छत से आ रही थीं... । प्राक्षी छत की तरफ जाती है.... वह जैसे ही छत पर जाने के लिए सीढ़ियों पर जाती है ....पीछे से एक हाथ उसे खींच लेता है.....। वह राहुल था ।

2

The Suspicious Temple

प्राक्षी की अभी तक की बातें सुन कर पार्थ के मन में चिंता और आश्चर्य के मिले - जुले भावों ने जन्म लिया....। पहले तो वह इसी बात से परेशान और हैरान है कि उसकी बहन एक आम लड़की से superheroine कैसे बन गयी .... और दूसरा प्राक्षी ने अभी तक जितनी बातें पार्थ को बतायीं थीं ,उन सब को सुनकर वह स्तब्ध था.....। दूसरी बात जो पार्थ को परेशान और हैरान कर रही थी कि, राहुल उसकी बहन के साथ क्यों नहीं है...। इन सभी सवालों का जवाब जानने से पहले उसके लिए ये ज़रूरी था कि वो बात की तह तक पहुंचे....। ये जानने के लिए उसने अपनी बहन से आगे की कहानी बताने के लिए कहा....। पार्थ को इतना व्याकुल देख कर प्राक्षी ने आगे कहानी बताना शुरू किया.....।

जैसे ही प्राक्षी उन मंत्रो की आवाज़ को सुन कर ऊपर जाने लगी तभी राहुल ने उसे पीछे से हाथ पकड़ कर नीचे खींच लिया..., और हैरानी की बात ये थी कि राहुल के प्राक्षी को खींचते ही वो सब मंत्रो की आवाज़ें बंद हो गयीं...। राहुल ने बड़ी हड़बड़ाहट में प्राक्षी से पूछा " तुम इतनी रात को ऊपर क्या करने जा रही थीं?"... इस पर प्राक्षी ने उसकी बात काटते हुए कहा कि " पहले आप मुझे बताओ कि इतनी रात को आप कमरे में क्यों नहीं थे...? और छत पर से ये कुछ मंत्रो जैसी आवाज़ क्यों आ

रही हैं...?" प्राक्षी के इन सवालों को सुनकर राहुल थोड़ा सा परेशान हो गया और उसने घबराते हुए जवाब दिया " मैं तो यहीं था Kitchen में बस पानी पीने के लिए गया था , तुम ऐसे ही चिंता कर रही हो..." इतना कहकर उसने प्राक्षी की मन्त्रों वाली बात को टालने की कोशिश की...। उसने प्राक्षी से सोने के लिए चलने को कहा.... अपनी सभी जिज्ञासाओं और सवालों को अपने मन में ही समेट कर प्राक्षी सोने के लिए चली गयी.... ।

प्राक्षी इतनी कहानी बताने के बाद रुक गयी और पार्थ से बोली " भाई बहुत देर हो चुकी है तुम यहाँ थोड़ी देर आराम करो, मैं एक ज़रूरी काम करने के बाद वापस आती हूँ...। इतना कहकर प्राक्षी आसमान में गायब हो गयी...। प्राक्षी के जाने के बाद पार्थ उस मंदिर पर फिर से पहरा देने लगा.... कि तभी अचानक उसकी नज़र दूर कहीं एक दिए की लौ पर पड़ी...। हैरानी की बात ये थी कि उस दिए के आस - पास वाले सभी दिए एक रंग की लौ दे रहे थे , केवल उसी दिए की लौ का रंग अलग था...। ये देख कर पार्थ उस दिए की तरफ बढ़ने लगा... । अभी वह कुछ ही कदम चला था कि सारे दिए तेज़ लौ में जलने लगे और पार्थ के सामने एक मनुष्य आकृति खड़ी थी ...जिसमें से एक तीव्र ऊर्जा और शांति का अनुभव हो रहा था । पार्थ को ये पहचानते देर नहीं लगी कि ये वही मनुष्य आकृति है जो वह अक्सर सपनो में देखा करता है.... ।

पार्थ ने उस आकृति को जिसका चेहरा अभी तक पार्थ को साफ़ नहीं दिखाई दे रहा था उसको दंडवत प्रणाम किया...; और बड़ी विनम्रता से पूछा " हे महानुभाव ! आप कौन हैं ? कृपा करके अपना परिचय दें और मुझे यह बताएं कि बार - बार आपका मेरे सपनो में दिखाई देने का आखिर क्या कारण है?" पार्थ के द्वारा इतने सारे सवाल पूछे जाने पर वह मनुष्य आकृति आकार में बड़ी हो गयी और उसने पार्थ से बड़े प्यार से कहा " वत्स ! अभी सही समय नहीं आया है उसका इंतज़ार करो..." इतना कहकर वह आकृति अन्तर्ध्यान हो गयी..... ।

पार्थ ने हर जगह उस आकृति को ढूंढने की कोशिश की, उसने अपनी शक्तियों का भी इस्तेमाल किया परन्तु वह उस मनुष्य आकृति को नहीं ढूंढ पाया , और तो और उस आकृति के अन्तर्ध्यान होने के साथ

ही वह दिए भी वहां से गायब हो गये....। आखिरकार थका - हारा पार्थ अपनी जगह पर वापस आकर बैठ गया....। कुछ समय बाद प्राक्षी वहां पर वापस आयी, प्राक्षी के आने पर पार्थ ने उससे पूछा " दीदी आप कहाँ गयी थीं! जिसके लिए आपको आकाश मार्ग से जाना पड़ा...?" इस पर प्राक्षी ने कहा कि वह एक ज़रूरी काम से गयी थी और बात को टाल दिया । इसके बाद प्राक्षी ने कहानी आगे बढ़ाई ...।

जैसे ही सूरज की पहली किरण प्राक्षी पर पड़ी वह उठ गयी...; लेकिन राहुल तब भी कमरे में नहीं था । प्राक्षी ने उसको सबसे पहले किचन में देखा । वह वहाँ भी नहीं था । उसके बाद प्राक्षी छत पर गयी... लेकिन वहां भी राहुल को ना पाकर वह बहुत हैरान और परेशान हुई...; तभी उसके दिमाग में उस लॉकेट का विचार आया.... वह लॉकेट वाली जगह पर गयी लेकिन वहां वह लॉकेट नहीं था...। प्राक्षी ने दो तीन बार उस जगह को अच्छे से छाना पर उसे कुछ नहीं मिला...। हताश होकर वह नीचे आ गयी । जैसे ही उसने कमरे में कदम रखा राहुल वहां पहले से मौजूद था। उसने प्राक्षी से कहा " तुम जल्दी से तैयार हो जाओ हमे जल्दी ही मंदिर पहुंचना है.. । ये बात सुन कर प्राक्षी ने कुछ नहीं कहा चुप - चाप तैयार होने चली गयी ।"

मंदिर पंहुचने के बाद प्राक्षी ने मंदिर के चारों तरफ देखा वहां ना तो कोई दूसरे लोग थे न ही कोई पुजारी...; और उससे भी बड़ी हैरानी की बात ये थी कि प्राक्षी ने आज से पहले वह मंदिर भी कभी नहीं देखा था । इन सब बातों ने प्राक्षी को बहुत ज्यादा परेशान कर दिया...। उसने इन सब बातों का पता लगाने के लिए अपनी पति की तरफ देख कर उससे पूछा " मुझे ना तो यहाँ कोई लोग दिखाई दे रहे हैं , न ही कोई पुजारी; तो आप जिस पूजा की बात कर रहे हैं वो पूजा करेगा कौन..?" इस पर राहुल ने थोड़ा हड़बड़ाते हुए जवाब दिया " पूजा करने के लिए किसी पुजारी की ज़रुरत नहीं है वो पूजा हम खुद भी कर सकते हैं... तुम बस अपनी आँखे बंद करके ध्यान लगाना बाक़ी काम मैं कर लूंगा , तुम्हें परेशान होने की ज़रुरत नहीं है...।"

ये बात सुन कर प्राक्षी बोली " चलिए मान लिया कि पूजा तो आप खुद कर लेंगे लेकिन मेरे लिए ये बात भी हैरानी वाली है कि इस मंदिर को

ना तो मैंने कभी देखा है, ना ही कभी आज से पहले इस मंदिर का कहीं किसी के मुँह से यहाँ तक की आपके मुँह से भी कभी इसका नाम नहीं सुना है... ।

प्राक्षी के इतने सवाल पूछने पर राहुल हड़बड़ाहट में आ गया मानो उसको काटो तो खून नहीं...। थोड़ा सा घबराते हुए राहुल ने जवाब दिया " ये मंदिर हमारे इष्ट देवता का मंदिर है और कहते हैं कि ये सैकड़ों सालों से यहीं है। पता नहीं क्यों तुमने इसका नाम नहीं सुना हुआ ।" इसके बाद राहुल ने प्राक्षी को मंदिर के अंदर चलने लिए कहा...। प्राक्षी ना चाहते हुए भी अपने पति के कहने पर उस मंदिर के अंदर जाने लिए तैयार हो गयी; लेकिन जैसे ही प्राक्षी ने मंदिर के अंदर जाने के लिए कदम बढ़ाये, तभी अचानक तेज़ हवाएं चलने लगीं ऐसा लगा मानों प्रकृति शायद प्राक्षी को उस मंदिर के अंदर जाने से रोक रही है । सब चीज़ों को नज़रअंदाज़ करके अपने पति की बात मान कर प्राक्षी उस मंदिर के अंदर जाती है; लेकिन वहां एक और आश्चर्य उसका इंतज़ार कर रहा था...।

मंदिर के अंदर किसी भी तरह की कोई मूर्ति मौजूद ही नहीं थी। केवल एक लाल रंग का पत्थर था । ये सब देख कर प्राक्षी ने राहुल से पूछा क्या यहाँ एक भी मूर्ति नहीं है? लोग यहाँ पूजा कैसे करते हैं?" इस पर राहुल ने मुस्कुराते हुए कहा " ये हमारे इष्ट देवता का एक विशेष मंदिर है, जैसे - जैसे हमारी पूजा आगे बढ़ेगी और समाप्त होने वाली होगी, तुम्हें खुद बा खुद मूर्ति दिखाई देने लगेगी , लेकिन तब तक तुम्हे शांत मन से पूजा करनी होगी ,और मुझसे ये वादा करना होगा कि जब तक मैं न कहूं तुम अपनी आँखे नहीं खोलोगी....। प्राक्षी इस जवाब से संतुष्ट हो गयी और उसने राहुल से वादा किया कि उसके कहने से पहले वो अपनी आँखे नहीं खोलेगी । फिर वो पूजा करने के लिए बैठ गयी....।

राहुल ने मंत्र बोलने शुरू किये और प्राक्षी ने अपनी आँखे बंद करके पूजा में हिस्सा लिया । धीरे - धीरे जब पूजा आगे बढ़ी, मंत्रो की गति तेज़ होती गयी तभी अचानक प्राक्षी को कुछ ऐसे मंत्र सुनाई दिए जो उसे लगा कि शायद ये मंत्र वो पहले सुन चुकी है..;और साथ ही उसे ऐसा भी लगा कि ये मंत्र बोलने वाली आवाज़ शायद राहुल की नहीं है...; लेकिन अपने पति को दिए हुए वादे के कारण वह अपनी आँखे नहीं खोल सकती थी....।

उसने इन सब बातों को अपने दिल की गहरायी में ही दबा लिया... ।धीरे - धीरे पूजा समाप्ति की ओर बढ़ी और फिर राहुल ने प्राक्षी से कहा "तुम अब अपनी आँखे खोल सकती हो...."। राहुल के कहने पर प्राक्षी ने अपनी आँखे खोली, आँखे खोलते ही उसने देखा कि उसकी आँखों के सामने एक बहुत विशालकाय मूर्ति थी, उस मूर्ति को देख कर प्राक्षी बहुत घबरा गयी क्यूंकि उसने इस तरह की मूर्ति किसी भी मंदिर में नहीं देखी थी...। प्राक्षी ने राहुल से पूछा कि "ये किस देवता की मूर्ति है , क्यूंकि इससे पहले ऐसी कोई मूर्ति मैंने किसी भी मंदिर में नहीं देखी है...."।

इस पर राहुल ने कहा " ये हमारे इष्ट देवता हैं और इनका केवल यही एक मंदिर है शायद इसीलिए तुमने कभी ऐसी मूर्ति नहीं देखी ....। प्राक्षी

ने ऊपर से लेकर नीचे तक उस मूर्ति को देखा और फिर उसकी नज़र एक ऐसी चीज़ पर पड़ी जिसको देख कर वो हैरान रह गयी।

3

The Horror Cave

कहते हैं कि हर एक इंसान के जीवन में एक ऐसा समय ज़रूर आता है ,जब उसे लगता है कि शायद उसके साथ कुछ अजीब हो रहा है । वह उस सब से निकलना चाहता है, लेकिन बदकिस्मती से निकल नहीं पाता है....। हम जितना भी उस समस्या से दूर जाने की कोशिश कर लें , वो समस्या हमारे आगे - पीछे मंडराती रहती है...। कई बार अपनों को दिए हुए वादे और प्यार के कारण अपनों के ही द्वारा किये गए गलत या किसी भी ऐसे काम को जो हमे नुकसान पहुंचा रहा है, या फिर हमारे आड़े आ रहा है , उसको भी हम ख़ुशी से स्वीकार कर लेते हैं....। प्राक्षी की ज़िन्दगी भीं कुछ ऐसे ही बदलावों के दौर से गुज़र रही है, जहाँ हर एक नया दिन उसके जीवन में एक नया बदलाव लेकर आ रहा है । लेकिन अब प्राक्षी को उन सब बदलावों का सामना करके खुद को तैयार करना होगा ।

पूजा खत्म होने के बाद राहुल ने प्राक्षी से अपनी आँखे खोलने के लिए कहा ,,, प्राक्षी ने जैसे ही अपनी आँखे खोली वो अपने सामने इतनी विशालकाय मूर्ति देख कर चौंक गयी...। उसने मूर्ति को एक बार नीचे से लेकर ऊपर तक देखा ,वह हैरान थी कि उसने आज से पहले ऐसे किसी भी देवता की मूर्ति नहीं देखी थी । देखते - देखते प्राक्षी का ध्यान एक ऐसे चीज़ पर गया जिसने उसे बहुत हैरान कर दिया ,वो था उस मूर्ति के गले में लटका एक लॉकेट , और वह लॉकेट बिलकुल उसी लॉकेट के जैसा था

जो प्राक्षी ने अपने घर की छत पर देखा था ... । ये सब देख कर प्राक्षी बहुत ज्यादा हैरान हुई । इसके बाद राहुल ने प्राक्षी से कहा ," हमारी पूजा ख़त्म हो चुकी है, अब हमे घर चलना चाहिए । इस पर प्राक्षी ने कहा " हमने जो आज ये पूजा की है इससे हमे क्या लाभ मिलेगा ?" राहुल ने मुस्कुराते हुए कहा कि " हम हमारे इष्ट की पूजा किसी भी लाभ के लिए नहीं करते । इसके बाद वे दोनों वहां से घर की तरफ रवाना हुए।

घर पर आने के बाद राहुल ने प्राक्षी से कहा "आज शाम को हमे किसी ख़ास से मिलने जाना है इसलिए तुम जल्दी तैयार हो जाना क्यूंकि हमे बिल्कुल देरी नहीं करनी है।" इस पर प्राक्षी ने कहा "लेकिन हमे मिलने किससे जाना है?" राहुल ने थोड़े गुस्से में जवाब दिया " वो सब पूछना तुम्हारा काम नहीं है, तुम बस शाम को तैयार रहना । इतना कहकर राहुल घर से बाहर चला गया । प्राक्षी को मन ही मन में बहुत रोना आया लेकिन उसने ये सोच के खुद को शांत कर लिया कि शायद राहुल ने थकान की वजह से ऐसा बोल दिया होगा । इसके बाद प्राक्षी ने पूरे घर में उस लॉकेट को ढूंढने की बहुत कोशिश की पर वो सफल नहीं हो पायी । उसने घर का कोना - कोना छान दिया उसे लॉकेट कहीं नहीं मिला ।

इतने में राहुल घर पर आ गया उसके आते ही प्राक्षी ने जल्दी - जल्दी कमरा ठीक किया..। राहुल ने आते ही प्राक्षी से कहा " तुम अब तैयार हो जाओ हमें थोड़ी देर में निकलना है, देरी नहीं करनी है।" ये बात सुन कर प्राक्षी तैयार होने चली गयी...। जब वो लोग घर से बाहर जा रहे थे, तब प्राक्षी ने देखा कि राहुल के हाथ की हथेली पर एक बड़ा कट लगा हुआ था । ये देख कर प्राक्षी ने उससे पूछा कि "आपको ये चोट कैसे और कब लगी..? और आपने मुझे बताया क्यों नहीं । इस पर राहुल खीज गया और बोला "कुछ नहीं ये चोट मुझे मंदिर में लगी थी , यूँ ही जब तुम्हारी आँखे बंद थीं तब पूजा करते हुए किसी चीज़ से हाथ टकराने पर ये चोट लग गयी... । तुम मेरी चिंता मत करो जल्दी चलो हमे देरी हो रही है । इसके बाद वो दोनों राहुल की बताई जगह के लिए रवाना हो गए .... ।

इतनी बात बताते - बताते प्राक्षी की आँखों में आंसू आ गये ये देख कर पार्थ भी विचलित हो गया । पार्थ ने अपनी बहन के पास जाकर उससे पूछा " दीदी आप क्यों रो रही हो... ? अगर आप आगे की कहानी नहीं

बताना चाहती तो कोई बात नहीं रहने दीजिये पर प्लीज रोना मत" पार्थ की मासूमियत से भरी बातें सुन कर प्राक्षी ने अपने भाई को गले से लगा लिया और कहा " मेरे प्यारे भाई अब हमारी ज़िन्दगी में बस यही तो बदलाव आ गया है अब न तो हम अपने दुःख की परवाह कर सकते हैं न ही अपनी ज़िम्मेदारियों से समझौता...। हम दोनों की ज़िन्दगी अब न सिर्फ एक दूसरे के लिए है बल्कि पूरी धरती के लिए भी है...।" इतना कहकर प्राक्षी ने पार्थ को आराम से बैठने को कहा और आगे की कहानी शुरू करने से पहले बोली "भाई इस कहानी में तुम्हें शायद कुछ ऐसी बातें पता चलेंगी जिनको सुनकर तुम खुद भी आपे से बाहर हो जाओगे इसलिए मुझसे वादा करो कि तुम कभी भी अपनी शक्तियों को खुद पर हावी नहीं होने दोगे ..।" पार्थ ने मुस्कुरा के अपनी बहन से वादा किया की वो कभी भी अपनी शक्तियों को खुद पर हावी नहीं होने देगा और ना ही कभी भी उनका गलत इस्तेमाल करेगा । इसके बाद प्राक्षी ने अपनी कहानी आगे बढ़ायी .... ।

प्राक्षी और राहुल शहर से बाहर एक अजीब सी जगह आ पहुंचे थे जहाँ दूसरा कोई भी मनुष्य दिखाई नहीं दे रहा था । वहां जाकर प्राक्षी बहुत घबरा गयी और उसने राहुल का हाथ पकड़ कर उससे डरते हुए पूछा " ये आप मुझे कहाँ ले आये हैं ,? यहाँ तो मुझे कोई भी दिखाई नहीं दे रहा है , यहाँ हम किससे मिलने आये हैं?"... प्राक्षी की ये बात सुनकर राहुल बोला तुम घबराओ मत यहाँ हम मेरे गुरूजी से मिलने आये हैं , जिन्होंने मुझे जीवन में हमेशा आगे बढ़ने का रास्ता दिखाया है , देखो सामने एक गुफा है हमे बस उसी के अंदर जाना है गुरुदेव वहीं समाधी में बैठे होंगे बस उनका आशीर्वाद लेंगे और हम वापस लौट जायेंगे । इतना कहकर राहुल ने प्राक्षी का हाथ पकड़ा और वो दोनों गुफा के अंदर चले गए.... ।

प्राक्षी के लिए गुफा के अंदर का नज़ारा और भी ज्यादा डरावना था, क्यूंकि वहाँ पर बहुत अँधेरा था और निरंतर वहां से बहुत डरावनी आवाज़ें आ रही थीं...। थोड़ा अंदर जाने पर प्राक्षी ने देखा की सामने एक साधू समाधी में लीन बैठे हुए हैं.. । उनको देख कर राहुल ने प्राक्षी से कहा "तुम थोड़ी देर यहीं पर इंतज़ार करो मैं अभी आता हूँ..." इतना कहकर राहुल उस साधु के पास जाकर बैठ गया और प्राक्षी की तरफ देख कर कुछ

कहा , राहुल की बात सुन कर उस साधु ने भी प्राक्षी की तरफ देखा और एक अजीब सी मुस्कान दी....। उसके बाद राहुल ने प्राक्षी को अपने पास बुलाया और साधु के पैर छू के प्रणाम करने के लिए कहा... । प्राक्षी ने ठीक वैसा ही किया। इसके बाद उस साधु ने राहुल से कहा की "तुम लोग जिस काम के लिए आये हो उसका मुहूर्त हो चुका है , इसलिए शीघ्रता करके उसको सम्पूर्ण किया जाये...।"

साधु की ये बात सुनकर प्राक्षी ने राहुल से पूछा "हम यहाँ ऐसा क्या करने आएं हैं , जिसकी बात ये साधु बाबा कर रहे हैं?" इस पर राहुल ने मुस्कुरा कर कहा " अगर मैं तुम्हारे सवालों का जवाब देने लग गया तो यहीं पर सारी रात बीत जाएगी ., इसीलिए चलो चलके खुद ही देख लो , फिर वो दोनों उस साधु के पीछे - पीछे चल देते हैं...। थोड़ी दूर चलने के बाद वो साधु रुक जाता है...। प्राक्षी उस जगह को चारों तरफ से देखती है.. । उस जगह को देख कर उसके मन में एक अजीब तरह का डर जन्म लेता है..। उसके सामने एक हवन कुंड था जिसमें अग्नि की लपटें अपने चरम पर थीं , वह नज़ारा देख कर प्राक्षी ने राहुल से कहा " क्या हम यहाँ हवन करने के लिए आये हैं ?" राहुल कुछ बोलता इससे पहले साधु ने कहा " हाँ कन्या तुम और तुम्हारा पति दोनों यहाँ मेरी इच्छा से आये हो लेकिन हवन करने नहीं एक अनुष्ठान - यज्ञ करने के लिए आये हो...।"

ये सुन कर प्राक्षी बोली " लेकिन मैंने तो सुना था कि सूर्यास्त के बाद कोई धर्म अनुष्ठान और यज्ञ नहीं होता है , फिर ये किस तरह का अनुष्ठान - यज्ञ है, जो रात्रि को संध्या के बाद शुरू हो रहा है...।" ये सुन कर साधु मौन हो गया तब राहुल ने प्राक्षी को फुसलाते हुए कहा " प्राक्षी सुबह हम , हमारे कुलदेवता के दर्शन करने गए थे न तो ये परंपरा है कि उनके दर्शन के बाद संध्या के बाद ही यज्ञ शुरू होता है , इसलिए अब तुम इस यज्ञ में पूरे मन से हमारा साथ दो....। प्राक्षी राहुल के साथ यज्ञ करने बैठ गयी पर बैठते ही उसने कुछ ऐसा देखा जिसने उसे सोचने पर मजबूर कर दिया ।

4

The Yajna

हम सभी की ज़िन्दगी एक न एक दिन एक ऐसे दोराहे पर आकर खड़ी हो ही जाती है, जब हमें लगता है कि क्या हमने जो किया है या जो हम करने वाले हैं वो सही भी है या नहीं , या कहीं ऐसा तो नहीं कि हम जो करने की कोशिश कर रहे हैं, वो सब महज़ एक दिखावा तो नहीं जो सिर्फ हमारे दिल को तसल्ली देने के अलावा कुछ नहीं है । प्राक्षी अपनी कहानी पार्थ को बताये जा रही थी । पार्थ वो कहानी सुन कर थोड़ा परेशान भी हुआ और बहुत सारे सवालों ने उसके दिमाग में जन्म लिया...।उन सब सवालों में उलझा पार्थ ये सोच कर और ज्यादा परेशान था कि कहीं अपनी बहन की शादी उस आदमी से करके उसने कोई गलती तो नहीं कर दी जो कि अभी तक की कहानी के हिसाब से प्राक्षी की बिलकुल भी इज़्ज़त नहीं करता था । इस सब ने पार्थ को बहुत परेशान कर दिया था....। वह ये सोचने पर मज़बूर हो गया था कि आखिर उसकी बहन ने इतना सब सहने के बाद भी उसको उसी वक़्त क्यों नहीं बताया...?" प्राक्षी ने अभी तक जो कुछ भी बताया उस सबसे एक बात तो बिलकुल साफ़ हो गयी थी कि राहुल कोई सीधा इंसान नहीं था तो आखिर वो कौन था ? ये सब जवाब जानने के लिए ज़रूरी था कि पार्थ आगे की कहानी सुने । इसके बाद प्राक्षी ने आगे की कहानी बताना शुरू किया ।

जब उस साधु ने यज्ञ - अनुष्ठान के बारे में प्राक्षी को बताया तो वो बहुत हैरान हुई उसने उस अनुष्ठान के बारे में उस साधु से बहुत सवाल

किये पर उसे अपने किसी भी सवाल का सीधा और सरल जवाब नहीं मिला । आख़िरकार उसे साधु और राहुल ने अपनी बातों में इधर - उधर घुमा कर यज्ञ के लिए तैयार कर लिया । वो सब उस रहस्यमयी गुफा के अंदर यज्ञ करने के लिए बैठ गए । जैसे ही वो लोग यज्ञ करने बैठे प्राक्षी की नज़र दूर गुफा में लगी एक लकड़ी की तख़्ती पर गयी जिसके नीचे कुछ रंग - बिरंगी चीज़ गिरी हुई थी । वो चीज़ रात में चमक रही थी...। प्राक्षी अँधेरा होने की वजह से उस चीज़ को पहचान नहीं सकी ।इसके बाद उस साधु ने राहुल से मंत्र पढ़ने को कहा " इस पर प्राक्षी ने साधु से पूछा "मंत्र पढ़ने के लिए आप राहुल से क्यों बोल रहे हैं ये काम तो आपका है न ?" इस पर साधु और राहुल एक दूसरे को कुछ देर तक हक्के - बक्के हो कर देखने लगे । फिर उस साधु ने प्राक्षी से कहा कि "हाँ कन्या तुम सही कह रही हो ये काम मेरा ही है, पर इस अनुष्ठान में ये अनिवार्य है की यजमान ही पहला मंत्र बोल कर इस यज्ञ की शुरुआत करे...।"

साधु की ये बातें सुन कर प्राक्षी चुप हो गयी इसके बाद साधु ने राहुल के कान में कुछ बोला , उसके बाद राहुल ने मंत्र बोलना शुरू किया...... उस मंत्र को सुन कर एक बार को प्राक्षी को फिर से ऐसा लगा कि उसने वो मंत्र कहीं सुना है , ठीक वैसा ही आभास उसे तब हुआ था जब वो सुबह राहुल

के साथ मंदिर पूजा करने के लिए गयी थी । इसके बाद राहुल ने साधु से कहा " गुरुदेव मैंने अपना मंत्र पूरा कर लिया है ।अब यहाँ से आगे आप अपना काम कीजिये....।" इसके बाद साधु ने प्राक्षी से आँखे बंद करने के लिए कहा और साथ में ये भी कहा कि जब तक कहा न जाये वो अपनी आँखे न खोले...। इसके बाद साधु ने मंत्र पढ़ने शुरू किये । अभी साधु ने पहला मंत्र बोला ही था कि प्राक्षी मन ही मन में सहम गयी, क्यूंकि उसने ये मंत्र की आवाज़ पहले भी सुनी थी । ये वही आवाज़ और मंत्र बोलने की लय थी जो उसने आज सुबह ही मंदिर में सुनी थी । प्राक्षी को ये सब बहुत अजीब लगा पर वो बेचारी अपनी आँखे नहीं खोल सकती थी ।

13000 मन्त्रों और 701 आहुतियां देने के बाद साधु ने प्राक्षी से कहा "कन्या तुम अब अपनी आँखे खोल सकती हो ।" प्राक्षी ने धीरे से अपनी आँखे खोली और एक बार फिर से नज़र दौड़ा कर पूरी गुफा में देखा , पर हर बार उसका ध्यान उस चमक रही चीज़ पर जाकर ठहर जाता था । इसके बाद साधु ने राहुल से कहा " तुम दोनों अब अपने घर जा सकते हो ।" ये सुन कर राहुल ने प्राक्षी से गुफा के बाहर जाने के लिए कहा । प्राक्षी गुफा के बाहर चली गयी और बाहर जाकर राहुल का इंतज़ार करने लगी... । लगभग आधे घंटे बाद राहुल आया और तब वो दोनों अपने घर की ओर रवाना हुए.....रात को फिर से उसी समय उसी पहर में प्राक्षी को वो मन्त्रों की आवाज़ें सुनाई देने लगीं.... उसने देखा की राहुल आज भी कमरे में नहीं है... पर जैसे ही वह ऊपर जाने लगी कल की ही तरह राहुल ने उसे रोक लिया ।

इसके बाद तो ये सब प्राक्षी की ज़िन्दगी का एक हिस्सा बन गया । रोज़ रात को प्राक्षी को उन मन्त्रों की आवाज़ें आतीं , रोज़ राहुल प्राक्षी को उस अनजान जगह बसे मंदिर में पूजा करने लेकर जाने लगा और रोज़ ही की तरह पूजा के बाद प्राक्षी देखती कि राहुल के हाथ में वो घाव हमेशा ताज़ा ही रहता था । यहाँ तक की रोज़ रात को भी राहुल उसे शहर से दूर उस रहस्यमयी गुफा में पूजा के लिए लेके जाने लगा । वहां पर रोज़ की तरह प्राक्षी वो चमकती चीज़ देख कर उसकी तरफ आकर्षित होती थी... और रोज़ पूजा से घर जाते हुए भी राहुल के हाथ में वो घाव ताज़ा ही रहता था...। ऐसे करते करते 3 दिन बीत गए ।

एक शाम को प्राक्षी ने उस गुफा में चमक रही उस चीज़ का रहस्य जानने का फैसला कर लिया....। उस दिन गुफा में जाने के बाद रोज़ की तरह साधु ने प्राक्षी से उसकी आँखे बंद करने के लिए कहा और रोज़ ही की तरह यज्ञ आरम्भ हुआ । अभी कुछ की मंत्र पढ़े गए थे कि प्राक्षी अपने मन पर अब काबू नहीं रख पायी और उसने अपनी आँखे चुपके से खोलकर देखना चाहा कि वहाँ क्या हो रहा है....? प्राक्षी ने जैसे ही आँखे खोली उसने देखा कि राहुल ने अपने हाथ में एक चाकू लिया हुआ है और वह यज्ञ कुंड में कोई आहुति दे रहा है । उसके हाथ से जिसमे पहले से ही वो ज़ख्म बना हुआ था , वहां से खून बह रहा है....। ये देखकर प्राक्षी के पसीने छूट गए...। उसने फ़ौरन अपनी आँखे बंद कर लीं ... ।

कुछ समय के बाद वो यज्ञ ख़त्म हुआ , और हमेशा की तरह राहुल ने प्राक्षी को बाहर जाने के लिए कहा । इस बार प्राक्षी बाहर नहीं गयी ,बल्कि जाते-जाते वहीं छिप गयी । उसने छिप कर राहुल और उस साधु की बातें सुनने की कोशिश की, पर लाख कोशिश करने के बाद भी वह कुछ नहीं सुन पायी...। लेकिन उसने राहुल के हाथ में वो लॉकेट देखा जो उसने पहले दिन छत पर और फिर उस दिन मंदिर में मूर्ति के गले में देखा था । प्राक्षी ने देखा कि राहुल ने वो लॉकेट उस साधु को सौंप दिया और वो लॉकेट लेकर साधु राहुल के कान में कुछ कहने लगा...। इस मौके का फायदा उठाकर प्राक्षी उस चमकती चीज़ की तरफ गयी और जल्दी - जल्दी से उसने उस चमकती चीज़ को उठाकर अपनी साड़ी के पल्लू से बांध दिया..., और जल्दी से गुफा के बाहर जाने के लिए दरवाज़े की तरफ दौड़ी....। जाते- जाते उसने देखा कि उस साधु ने उस लॉकेट को अपने गले में डाला और आँखे बंद करके वहां से गायब हो गया... । ये सब रहस्यमयी बातें देखकर प्राक्षी बहुत घबरा गयी और जल्दी से गुफा के बाहर चली गयी....।

कुछ समय बाद राहुल भी गुफा के बाहर आ गया...। राहुल ने प्राक्षी की तरफ देख कर पूछा .. " क्या हुआ तुम इतनी घबराई हुई क्यों हो ?" इस पर प्राक्षी बोली " बगीचे में लगा सबसे ख़ूबसूरत फूल अगर मुरझा जाये तो माली दुखी हो ही जाता है”... ये सुन कर राहुल को कुछ समझ नहीं आया और उसने प्राक्षी से जल्दी घर चलने के लिए कहा ...। घर

आने के बाद प्राक्षी ने उस रात जाग कर सब पता लगाने की ठानी...। उसने राहुल के सो जाने के बाद सबसे पहले अपने साड़ी के पल्लू से उस चमकीली चीज़ को बाहर निकाला ,और प्राक्षी ने जो देखा वो देखकर उसका दिल घबराने लगा।

5

Rahul : The Evil?

प्राक्षी ने पार्थ को जैसे ही उस गुफा में उस दिन हुए वाक्या के बारे में बताया ,ये सब सुनकर पार्थ का मन बहुत परेशान हो गया और उसकी आँखे गुस्से से लाल हो गयी...। पार्थ ये नहीं समझ पा रहा था कि इतना सब होने के बाद भी उसकी बहन ने उससे ये सारी बातें क्यों नहीं बताई....? प्राक्षी की कहानी सुनकर पार्थ को इतना गुस्सा आया कि वह गुस्से में अपने शक्ति वाले रूप में आ गया और वहाँ से गुस्से में जाने लगा....।

इस पर प्राक्षी ने पार्थ का रास्ता रोक लिया और कहा ... "भाई इतने गुस्से में तू कहाँ जा रहा है ? और ये शक्तिरूप लेने का क्या तात्पर्य है ?" इस पर पार्थ ने कहा कि ..."मैं राहुल के पास अपने सवालों का जवाब मांगने के लिए जा रहा हूँ, इसलिए आप मुझे मत रोकिये...।" इतना कहकर पार्थ वहाँ से जाने लगा ।पार्थ को इतना गुस्से में देखकर प्राक्षी समझ गयी कि साधारण बातों से अब पार्थ को नहीं रोका जा सकता । इसलिए प्राक्षी भी अपने शक्तिरूप में आयी और उसने पार्थ पर एक शक्तिपाश का प्रयोग किया ।

उस शक्तिपाश ने पार्थ को जकड़ लिया वह हिल भी नहीं पा रहा था । इसके बाद प्राक्षी ने पार्थ के पास जाकर कहा.... " मेरे प्यारे भाई तुम

मेरी शक्तियों से नहीं जीत सकते । इसलिए तुम्हारे लिए ये ज़रूरी है कि तुम मेरी कहानी सुनो... क्यूंकि शायद मेरी कहानी सुनने के बाद तुम्हे भी वो ज्ञान मिले जिससे तुम्हारी शक्तियां अजेय और अपराजेय हो जाएँ....।"प्राक्षी की बातें सुनकर पार्थ शांत हो गया और बोला..." मुझे माफ़ कर दो दीदी ,मैं शायद अपनी भावनाओं पर काबू नहीं रख पाया....।" इसके बाद प्राक्षी ने पार्थ से कहा.. "तुम वहीं अपनी जगह पर बैठो मैं एक ज़रूरी काम करके वापस आती हूँ...।" इतना कहकर प्राक्षी फिर से आकाश में गायब हो गयी....।

पार्थ अपने मन और उसमें उलझे सवालों के जाल में उलझा था, और उन सबसे शांति और मुक्ति पाने के लिए पार्थ ने मंदिर के अंदर जाकर बैठना उचित समझा....। पार्थ मंदिर की तरफ बढ़ा ... । पार्थ ने जैसे ही मंदिर के अंदर कदम रखना चाहा..., पीछे से उसे किसी ने आवाज़ दी ... "ठहरो वत्स" ये आवाज़ सुनकर पार्थ के कदम वहीं रुक गए और उसने पलट कर देखा , उसके सामने वही मनुष्य आकृति खड़ी थी..., जिसको वो सपनो में देखता था ... ।उस आकृति को देखकर पार्थ ने प्रणाम किया और पूछा ... "हे महानुभाव! आपने मुझे मंदिर के अंदर जाने से क्यों रोका

? मंदिर तो सभी मनुष्यों के लिए खुला होता है..." ये बात सुनकर उस आकृति ने पार्थ से कहा "क्या तुम सिर्फ एक साधारण मनुष्य हो ? ..नहीं वत्स तुम अब केवल एक साधारण मनुष्य नहीं हो तुम इस मंदिर और इसके अंदर मौज़ूद विरासत के रक्षक हो...।

मंदिर के भीतर की विरासत अब सुरक्षित है परन्तु यदि रक्षक द्वार पर नहीं होगा तो ये मंदिर तो सुरक्षित होगा परन्तु शायद ये सम्पूर्ण स्थान सुरक्षित न रहे । इसलिए मेरा तुमसे निवेदन है कि जब तक तुम्हें कोई आदेश न मिले ... इस द्वार को छोड़ कर मत हटना । उस मानव आकृति के ऐसे वचन सुन कर पार्थ नतमस्तक हो गया और बोला ... "हे महानुभाव... मैं आपकी बातों का सम्मान करता हूँ और आपको वचन देता हूँ जब तक मुझे कोई आदेश प्राप्त नहीं होगा ,मैं इस मंदिर के द्वार से नहीं हटूँगा ... । इतना कहकर पार्थ वापस मंदिर के द्वार पर जाकर बैठ गया...। थोड़ी देर बाद प्राक्षी आयी तो पार्थ ने उससे कहा " दीदी चलिए अब कहानी आगे बढ़ाते हैं...।" पार्थ की बात सुनकर प्राक्षी ने आगे की कहानी बताना शुरू किया ...।

उस दिन प्राक्षी राहुल के सोने के बाद चुपके से उठी और उसने उस रात सब कुछ जानने का सोचा ...। क्यूंकि इतने दिन में उसके साथ जो हुआ उससे वो बहुत परेशान हो गयी थी...। प्राक्षी ने सबसे पहले अपने साड़ी का पल्लू खोला और वह चमकीली चीज़ बाहर निकाली । अंधेरा होने की वजह से प्राक्षी उसे देख नहीं पा रही थी । इसलिए वह बाहर गयी और दिए की रौशनी में उस चीज़ को देखा... । प्राक्षी ने जो देखा वो देख कर उसके रोंगटे खड़े हो गए..।

उसके हाथ में एक तोते के पंख थे लेकिन उन पंखों को देखकर ये साफ़ ज़ाहिर था कि वो पंख किसी विशालकाय तोते के हैं..,, और रात में उन पंखो का यूँ चमकना ये साफ़ इशारा कर रहा था कि वो तोता कोई साधारण तोता नहीं था । एक और हैरान करने वाली बात थी कि उस तोते के पंखों पर जगह - जगह बहुत सारा खून लगा हुआ था , मानो उस तोते को किसी ने बहुत बेरहमी से मारा हो...। उस तोते के विशालकाय पंखों और उसपे लगे खून को देखकर प्राक्षी बहुत घबरा गयी ,और उसने वो पंख तुरंत छिपा दिए । पंखों को छिपाने के बाद प्राक्षी चुप - चाप जाकर

सो गयी ।

अगली सुबह जब प्राक्षी की आँखे खुली तो उसे ऐसा लगा कि जैसे सब कुछ बदला बदला सा है...। ना तो उसे उस दिन सुबह चिड़ियों के चहचाने की आवाज़ें आयीं और न हर सुबह की तरह सूरज की किरण उस पर पड़ी....। प्राक्षी ने अपने कमरे के चारों तरफ देखा ... । उसका कमरा पूरी तरह से ढका जा चुका था । सारी खिड़ियाँ बंद थीं और उन पर परदे बंधे हुए थे , और वो परदे खुल नहीं सकते थे क्यूंकि वो सारे परदे आपस में इस तरह जुड़े थे कि, अगर उनको खोलना हो तो बहुत समय लगेगा ...। प्राक्षी ने पूरे घर को छान मारा पर उसे कहीं भी बाहर जाने का रास्ता नहीं मिल रहा था । जहाँ दरवाज़ा था वहाँ भी बंदिश कुछ ऐसी थी कि प्राक्षी के लाख खोलने पर भी वो दरवाज़ा नहीं खुला । थकी - हारी प्राक्षी अपने कमरे में जाकर बैठी....।

तभी उसे याद आया कि रात उसने जो वो पंख देखे थे जिन पर खून लगा हुआ था । ये सब याद आते ही प्राक्षी ने अपनी साड़ी के पल्लू से वो पंख खोले ... पर जैसे ही प्राक्षी ने वो पल्लू खोला उसने देखा कि वहाँ कोई पंख नहीं था...। उसके साड़ी के पल्लू में पंखों की जगह राख़ थी....। ये देखकर प्राक्षी के पसीने छूट गए । प्राक्षी ने राहुल को आवाज़ दी । बहुत देर तक आवाज़ देने के बाद राहुल कमरे में आया । उसके बाद प्राक्षी ने राहुल से पूछा ... "आज सब कुछ इतना अजीब क्यों है ।एक... एक अजीब सा डर मन में बैठा जा रहा है... । न कोई रौशनी अंदर आ रही है , न यहाँ से कोई आवाज़ बाहर जा रही है । इस पर राहुल ने कहा कि " कल हमने जो अनुष्ठान किया था , उसके बाद गुरुदेव का ये आदेश था कि कुछ दिनों तक हमें ऐसे ही रहना है....। नहीं तो हमारे साथ कुछ भी बुरा हो सकता है....। प्राक्षी को अब राहुल की किसी भी बात पर भरोसा नहीं था ..., पर वो मजबूर थी... । उसने चुप - चाप राहुल की बात मान ली....। वो सुनसान घर और उस बंद दरवाज़ें में रहते हुए देखते ही देखते तीन महीने गुज़र गए.....।

प्राक्षी अब गर्भवती थी और वो राहुल के बच्चे की माँ बनने वाली थी...। वो पूर्णिमा की रात थी , और उस रात के दूसरे पहर में अचानक प्राक्षी ने देखा कि , वो एक रहस्यमयी जगह पर खड़ी है उसके सामने

अथाह धरातल है ...। जहाँ दूर - दूर तक कोई पेड़ - पौधा , कोई पशु - पक्षी दिखाई नहीं दे रहा है....। प्राक्षी उस धरातल पर चले जा रही थी , कि तभी अचानक प्राक्षी को पीछे से किसी की आवाज़ आती है....।"लौट जाओ बेटी...लौट जाओ.." प्राक्षी पीछे मुड़के देखती है और उस आवाज़ का पीछा करती है....। जैसे - जैसे प्राक्षी आगे चलती जाती है वो आवाज़ें और तेज़ होती जाती है....। चलते चलते प्राक्षी एक ऐसी जगह पर जा पहुंची , जहाँ सामने केवल जल ही जल था, और सबसे बड़ी हैरानी की बात ये थी कि उस जल के अथाह सागर में अग्नि की लपटें सुलग रही थी.....। तभी पीछे से किसी ने प्राक्षी को कहा .. "यही तुम्हारी नियति है बेटी..." प्राक्षी ने पलट कर देखा .. उसके सामने एक विशालकाय मानव आकृति खड़ी थी ।

6

Prakshi in Danger?

मुसीबतें और समाधान जीवन की नदी के दो किनारे हैं..। जो शायद कभी भी एक दूसरे के साथ एक साथ नहीं रह सकते । उन दोनों को हम एक दूसरे के पूरक बोल सकतें हैं ,पर वो एक दूसरे के साथ एक साथ जीवन की कश्ती में सफर नहीं कर सकते । मनुष्य अपने जीवन में जितने भी काम करता है , वो सारे काम उसे जीवन के एक ना एक किनारे पर ज़रूर छोड़ देते हैं । मनुष्य का काम और उसके द्वारा लिए गए निर्णय, निर्धारित करते हैं कि वह किस किनारे पर जा रहा है...। प्राक्षी ने अपनी जीवन में अब वो राह चुन ली थी जो उसे एक न एक किनारे पर बहुत बुरी तरीके से फ़साने वाली थी ।

प्राक्षी की कहानी सुन कर पार्थ बहुत बैचेन हुआ पर उसने अपनी भावनाओं को अपने काबू में किया और प्राक्षी से बोला " दीदी आप आगे की कहानी बताना शुरू कीजिये"... पार्थ की बात सुन कर प्राक्षी बोली ... "भाई कहानी सुनाने से पहले तुम मेरे कुछ सवालों के जवाब दो..।" इस पर पार्थ ने कहा ... "पूछिए दीदी आपके हर सवाल का मैं जवाब देने की कोशिश करूँगा..।" आगे प्राक्षी ने पार्थ से पूछा कि .. "अगर उन सब परिस्थितियों में तुम मेरी जगह होते तो क्या करते ?" क्या तुम राहुल से जाकर पूछते या फिर तुम वहां से भाग जाते...।" प्राक्षी की बातें सुन

कर पार्थ हक्का - बक्का रह गया ।थोड़ी देर सोचने के बाद पार्थ ने प्राक्षी से कहा ..“दीदी! मैं आपकी जगह होता तो क्या करता ये तो मुझे नहीं पता पर उस परिस्थिति में आपको जो करना चाहिए था..वो मैं आपको ज़रूर बताऊंगा । आपकी अब तक की कहानी सुन कर मुझे लग रहा है.. कि आपको वही करना चाहिए था..., जो आपने किया । आपने समय की गंभीरता को समझा और सही वक़्त का इंतज़ार किया । इस कहानी में आगे आपके साथ क्या हुआ होगा? ये मैं नहीं जानता पर इतना ज़रूर जानता हूँ की आप किसी भी परिस्थिति का सामना करने में सक्षम हो.... । पार्थ की ये बात सुन कर प्राक्षी ने पार्थ को गले से लगा लिया और इसके बाद आगे की कहानी बताना शुरू किया....।

प्राक्षी को इस बात से बहुत हैरानी हुई कि पानी की लहरों के बीच आग की वो लपटें कैसे सुलग रहीं थी । जैसे ही प्राक्षी को किसी ने आवाज़ लगाई .. , प्राक्षी ने घूम कर जो देखा उसकी आँखे खुली की खुली रह गयीं..।" उसके सामने वही मानव आकृति खड़ी थी...जिसका ज़िक्र पार्थ उससे किया करता था ... । ये वही मानव आकृति थी जो अक्सर पार्थ के सपने में आया करती थी । प्राक्षी उस आकृति को देख कर बहुत घबरा गयी..., पर फिर भी उसने अपने आप को सँभालते हुए उस मानव आकृति को प्रणाम किया , और पूछा " हे महाज्ञानी आप कौन हैं...?" कृपया मुझे अपना परिचय देने का कष्ट करें”... इस पर उस मानव आकृति ने कहा .. "मैं कौन हूँ ये जानना तुम्हारे लिए ज़रूरी नहीं है...। तुम्हारे लिए ये जानना ज़रूरी है कि पिछले कुछ दिनों से तुम्हारे साथ जो अजीब घटनाएं घटित हो रही हैं..., उनका क्या तात्पर्य है....?” उस मानव आकृति ने आगे प्राक्षी से कहा “तुम जल्द ही अपने जीवन के सबसे रोमांचकारी, पर ज़िम्मेदारी से भरे सफर में कदम रखने वाली हो.... । इस सब में तुम्हारा सबसे बड़ा साथी होगा तुम्हारा धैर्य..., अगर तुम धैर्य से काम लोगी, तो कभी किसी कठिनाई में नहीं फसोगी....।” इतना कह कर वह मानव आकृति गायब हो गयी....।

जैसे ही प्राक्षी ने उनके पीछे जाने की कोशिश की उसने खुद को बिस्तर पर लेटे हुए पाया...। प्राक्षी समझ गयी कि वो एक सपना देख रही थी....। प्राक्षी ने अपने गर्भ में पल रही उस नन्हीं सी जान को सहलाया...,

और अपने चारों तरफ देखा .... । प्राक्षी अपने आस - पास का माहौल देख कर हैरान रह गयी... । प्राक्षी की बात सुनकर पार्थ ने उसको बीच में ही रोक दिया और हैरान होते हुए पूछा " दीदी क्या आपको भी वो मानव रुपी आकृति अपने सपनों में दिखाई दी, जिसको मैं हमेशा अपने सपनो में देखा करता हूँ...?" इस पर प्राक्षी ने कहा "हाँ मुझे भी वही मानव आकृति दिखाई और उन्होंने ही मुझे आगे का मार्ग बताया। पार्थ ने कहा " आखिर वह मानव आकृति कौन है ?" सिर्फ सपनों में ही नहीं मैंने इस जगह पर भी उनको देखा है....। परन्तु मेरे कुछ भी पूछने से पहले वो अन्तर्ध्यान हो जाते हैं....।" ये बात सुनकर प्राक्षी थोड़ा विचलित हो गयी और उसने बात बदल दी.... । शायद प्राक्षी नहीं चाहती थी कि पार्थ उस मानव आकृति के बारे में ज्यादा जानने की कोशिश करे । इसके बाद प्राक्षी अपनी कहानी बताने ही वाली थी तभी उस जगह पर अचानक बारिश शुरू हो गयी...।

उस बारिश को देख कर प्राक्षी के चेहरे का रंग मानो उतर सा गया । उसने तुरंत पार्थ की तरफ देखा और तुरंत आकाश मार्ग से वहाँ से चली गयी..। इस बार पार्थ ने अपनी बहन का पीछा करने का फैसला किया...। पार्थ आकाश मार्ग से अपनी बहन का पीछा करता रहा.....। पीछा करते - करते पार्थ ने देखा कि उसकी बहन एक बहुत अजीब सी गुफा के पास आकर रुक गयी है...। परन्तु जैसे ही प्राक्षी ने उस गुफा के अंदर प्रवेश किया .... प्राक्षी और वह गुफा दोनों गायब हो गए.... । पार्थ ने उस पूरी जगह को छान मारा पर उसे कुछ नहीं मिला । पार्थ हैरान था कि ऐसे अचानक वो पूरी की पूरी गुफा कैसे गायब हो गयी.... बहुत देर ढूंढने के बाद भी जब पार्थ को वहां कुछ नहीं मिला तब वो मंदिर में वापस चला गया.... ।

मंदिर पहुँचते ही पार्थ ने जैसे ही मंदिर के प्रांगण में कदम रखा, उसे पीछे से किसी ने आवाज़ दी ... "अपनी ज़िम्मेदारी को छोड़ कर कहाँ गए थे वत्स?" पार्थ ने जैसे ही मुड़के देखा उसके पीछे गुरु भीखू खड़े थे । भीखू को इस तरह देख कर पार्थ बहुत घबरा गया....। उसने भीखू को झुक कर प्रणाम किया ,पर जैसे ही पार्थ ने कुछ बोलना चाहा ....भीखू ने उससे गुस्से में पूछा ... "तुमने अभी तक मेरे सवाल का जवाब नहीं

दिया वत्स...?" अपनी इतनी बड़ी ज़िम्मेदारी को छोड़ कर तुम आखिर गए कहाँ थे ?" भीखू की बात सुन कर पार्थ निःशब्द खड़ा हो गया उसके पास भीखू के सवालों का कोई जवाब नहीं था। पार्थ को इस प्रकार से देख कर भीखू पार्थ के पास आया और बोला .. "वत्स मैं जानता हूँ कि तुम अपनी बहन को लेकर बहुत परेशान हो... मैं तुम्हारी समस्या समझता हूँ परन्तु वत्स .. तुम अब कोई साधारण मनुष्य नहीं हो। पूरी पृथ्वी की सुरक्षा की जिम्मेदारी तुम्हारे कंधो पर है जिसकी धुरी है ये मंदिर।

यदि ये मंदिर अभी तुम्हारे संरक्षण से दूर हो जायेगा तो हो सकता है कि इस बार वो लोग जल को नहीं बल्कि इस मंदिर को ही अपने साथ ले जाएँ। फिर मंदिर भी उनका होगा और उसके अंदर संरक्षित जल भी.... । इसलिए जब तक उनका राजा सुरक्षित है ये मंदिर सुरक्षित नहीं है...।" भीखू की बात सुनकर पार्थ की आँखों में आंसू आ गये और उसने भीखू

से कहा ... "मुझे क्षमा कर दीजिये गुरुदेव , मैं अपनी भावनाओं पर काबू नहीं रख पाया । मैं आपसे वादा करता हूँ, इस तरह की कोई भी गलती मैं दोहराऊंगा नहीं....। कृपया मुझ पर अपनी कृपा बनाएं रखें ।".... पार्थ की बात सुनकर गुरु भीखू ने मुस्कुरा कर कहा .. वत्स अभी तुम्हारे सामने कुछ ऐसी बातें आएँगी जो तुम्हे अंदर तक हिला कर रख देंगी , इसलिए तुम्हारे लिए ये ज़रुरी है कि तुम मानसिक तौर पर उनके लिए तैयार रहो.... तुम्हारा कल्याण हो ।" इतना कहकर भीखू वहां से अन्तर्ध्यान हो गए. कुछ देर बाद प्राक्षी वहां पर वापस आयी और उसने पार्थ को आगे की कहानी बताना शुरू किया .... ।

उस दिन सुबह उठने के बाद प्राक्षी ने अपने चारों तरफ देखा प्राक्षी को सारा वातावरण पहले से बहुत अलग लगा...। आज उसके कमरे के अंदर शीतलता नहीं बल्कि ऐसा महसूस हो रहा था कि उसका कमरा किसी आग की जलती लकड़ी पर टिका हो...। बाहर से भी विचित्र तरीके की आवाज़ें आ रही थीं । ऐसी आवाज़ें जो प्राक्षी ने कभी पहले नहीं सुनी थी.....। ऐसा लग रहा था जैसे बाहर की दुनिया उसके लिए बहुत नयी हो..., प्राक्षी ने अपने कमरे से जैसे ही बाहर कदम रखा वह डर के मारे कांपने लगी....। प्राक्षी के सामने एक अजीबो - गरीब दुनिया का नज़ारा था... । वहां के लोग मनुष्यों से बहुत अलग थे । वो लोग मांस और मदिरा का सेवन कर रहे थे । प्राक्षी ने छिप कर वहाँ देखने की कोशिश की...। प्राक्षी ने देखा कि सामने ही एक बड़ा सा महल है...। जिसके चारों तरफ बहुत सारे पहरेदार खड़े हुए हैं...। महल के ठीक सामने एक कुंड है जिसमे पानी की जगह अग्नि भरी हुई है...। प्राक्षी ने महसूस किया कि उस जगह पर ना किसी पक्षी की आवाज़ आ रही है... और न ही किसी शीतलता का अनुभव हो रहा है...। ये सब बातें प्राक्षी को अंदर ही अंदर डरा रही थीं....।

प्राक्षी ने छुपते छुपाते उस जगह से निकलने का रास्ता ढूँढने की कोशिश की और काफी देर ढूँढने के बाद उसे अपने सामने एक दरवाज़ा दिखाई दिया...। प्राक्षी नहीं जानती थी कि वो दरवाज़ा किस चीज़ का है..., परन्तु जैसे ही प्राक्षी ने उसकी तरफ जाने के लिए कदम बढ़ाया उसे पीछे से एक आवाज़ सुनाई दी.... " ये तुम्हारा पृथ्वी लोक नहीं , ECHO गृह का दानव साम्राज्य है लड़की.. । यहाँ से तुम कहीं नहीं जा सकती ,

जिस दरवाज़े की तरफ तुम जा रही हो वो कारावास की तरफ जाता है , पहले थोड़ी बात हो जाये फिर तुम्हें वहीं भेज दिया जायेगा ।" प्राक्षी ने जैसे ही घूम कर देखा उसके सामने एक औरत खड़ी थी जो दिखने में बहुत डरावनी थी... । और उसकी पोषक बिलकुल रानियों की तरह थीं....। वह ELRA थी ।

7

Draven's Mercy?

ECHO वही गृह था जहाँ से DRAVEN और उसके सैनिक उस चमत्कारी जल की तलाश में पृथ्वी पर आये थे । जहाँ पर मनुष्य जीवन का नामोनिशान नहीं था । जहाँ न कोई सुख ना ही शांति .., न कोई उम्मीद की किरण थी ना ही अपनेपन का कोई अनुभव...। प्राक्षी अब ECHO गृह पर फँस चुकी थी पर , सवाल ये था कि प्राक्षी वहां तक पहुँची कैसे ? प्राक्षी ने जब पार्थ को अपने ECHO गृह तक जाने की कहानी बताई..., पार्थ की आँखों में आंसू आ गये और उसने अपनी बहन से पूछा "दीदी... तो क्या ECHO पर आपको अपनी शक्तियां मिलीं?"... इस पर प्राक्षी ने कहा.. " मेरे भाई.. कहानी शुरू करने से पहले ही मैंने तुमसे वादा लिया था कि जब तक कहानी पूरी न हो जाये तुम कोई सवाल नहीं करोगे , और न ही किसी निष्कर्ष पर पहुंचकर कोई निर्णय लोगे...." प्राक्षी की बात सुनकर पार्थ बोला... " ठीक है दीदी मैं आगे के बारे में कुछ नहीं पूछूंगा .., परन्तु आप ECHO जैसे दुर्गम और निर्मम जगह पर पहुँची कैसे ?" प्राक्षी ने जवाब देते हुए कहा ... " ECHO से तुम्हारी और मेरी ज़िन्दगी से जुड़े बहुत सारे राज़ सामने आने वाले हैं । जो शायद मैं जानती हूँ तुम नहीं...और शायद कुछ ऐसे राज़ भी जिनको अभी तक हम दोनों ही नहीं जानते । प्राक्षी के वचन सुनकर पार्थ कुछ देर तक मौन हो गया और फिर बोला "मुझे वो सारे राज़ जानने हैं.. दीदी उन सब चीज़ों का पता लगाना है जो आपके साथ हुईं... इसलिए आप आगे की कहानी

बताना शुरू करें।" इसके बाद प्राक्षी ने फिर से अपनी कहानी बताना शुरू किया... ।

जैसे ही प्राक्षी को सामने एक दरवाज़ा दिखा वह उसकी तरफ जाने लगी.. तभी पीछे से ELRA ने उसे आवाज़ देकर रोक लिया... ELRA ने प्राक्षी के सामने जाकर उससे कहा .. "तुम्हे क्या लगता है.. तुम इतनी आसानी से यहाँ से निकलने में सफल हो जाओगी लड़की ... ?" ये मेरा साम्राज्य है... यहाँ मेरी मर्ज़ी के बिना पत्ता तक नहीं हिलता तुम तो बहुत दूर की बात हो । इतना कहकर ELRA ने प्राक्षी के गाल पर एक ज़ोरदार तमाचा जड़ दिया...। प्राक्षी भूमि पर गिर गयी और डर के मारे रोने लगी..." इसके बाद ELRA ने सैनिकों को बुलाया और उनसे प्राक्षी को कालकोठरी में बंद करने के लिए कहा । सैनिकों ने वैसा ही किया उन्होंने प्राक्षी को कालकोठरी में बंद कर दिया । प्राक्षी ने अपने गर्भ में पल रहे उस नन्हीं सी जान से बोला "मेरी वजह से तुम्हें भी ये सब सहना पड़ रहा है, हो सके तो मुझे माफ़ कर देना ।" सैनिक वहां से जा चुके थे प्राक्षी ने उनके जाने के बाद उस जगह से निकलने की बहुत कोशिश की पर निकलना तो दूर की बात है , प्राक्षी वहाँ से निकलने का दरवाज़ा भी नहीं ढूंढ पायी...।

देखते देखते 6 माह गुज़र गए...। प्राक्षी अब नौ महीने की गर्भवती थी । एक दिन जब एक सैनिक प्राक्षी को वहाँ खाना देने के लिए आया तब गलती से प्राक्षी का पैर उसको लग गया, और उसने प्राक्षी को मारने के लिए अपना हाथ बढ़ाया , परन्तु प्राक्षी ने जैसे ही बचाव के लिए अपना हाथ उठाया ..., उसके हाथ से एक तीव्र ऊर्जा निकली और वह सैनिक वहीं पर भस्म हो गया...। ये सब देख कर वहां खड़े पहरेदार डर के मारे कांपने लगे...। प्राक्षी खुद हैरान थी कि उसके साथ ये सब क्या हो रहा है..?" पहरेदारों ने वहां से जाकर ये सारी बातें महारानी ELRA को बतायीं... । सैनिकों की बातें सुन कर ELRA को बहुत क्रोध आया और उसने क्रोध में आकर सूचना देने वाले एक - एक सैनिक को मौत के घाट उतार दिया । और उसके बाद उसने सेनापति को बुलाया जो और कोई नहीं उसका भाई MENTIS ही था । ELRA ने MENTIS से कहा कि .." जाओ और उस लड़की को सबक सिखाओ... उसको उसकी औकात याद दिला दो..."

ELRA की बात सुन कर MENTIS बहुत गुस्से में आ गया और वहाँ से जाने लगा तभी उसको पीछे से किसी ने आवाज़ देते हुए कहा... "ख़बरदार MENTIS अगर उस लड़की को छुआ भी तो..." ये आवाज़ DRAVEN की थी।

DRAVEN ने MENTIS से कहा ... "अगर तुमने उस लड़की को कुछ कहा भी तो मैं तुम्हारी जान ले लूंगा। DRAVEN की बात सुन कर ELRA ने कुछ बोलना चाहा पर उसको बीच में टोकते हुए DRAVEN ने कहा.. "महारानी किसकी आज्ञा से आप उस कन्या को मारने का आदेश दे रही हैं, आपने उस कन्या को कालकोठरी में इतने समय से बंद किया हुआ है परन्तु मैंने आपसे कुछ नहीं कहा, परन्तु अब वो कन्या नौ महीने की गर्भवती है। इस पर ELRA ने कहा .. "वो लड़की मुझे क्रोधित कर रही थी इसलिए उसको दंड स्वरुप मारने का आदेश दिया ...।" इस पर DRAVEN ने कहा आप जानती नहीं महारानी वो कन्या कौन है ?" इस वक़्त मुझे, आपको ,पूरे ECHO को , हम सबसे ज्यादा उस कन्या की आवश्यता है....। इतना कहकर DRAVEN ने MENTIS को आदेश दिया .. "जाओ MENTIS इसी वक़्त उस कन्या को मुक्त करके वैद्यराज के पास ले जाकर उसके स्वास्थ्य की जांच कराओ .." MENTIS, DRAVEN की बात सुनकर वहां से चला गया... इसके बाद DRAVEN ने दासियों को आदेश दिया... " उस कन्या को स्नान करके उसका श्रृंगार किया जाये और स्वादिष्ट पकवान खिलाये जाएँ..." इतना कहकर DRAVEN वहां से चला गया।

MENTIS ने तुरंत कालकोठरी में जाकर प्राक्षी को मुक्त किया...। प्राक्षी MENTIS को देख कर चौंक गयी उसको ऐसा लगा जैसे उसने ये चेहरा पहले भी देखा है...। इसके बाद MENTIS ने प्राक्षी से उसके साथ हुए सलूक के लिए माफ़ी मांगी, और उसके बाद उसे वैद्यराज के पास ले गया...। वैद्य ने प्राक्षी की जांच करने के बाद कहा... "माँ और बच्चा दोनों सलामत हैं...।" परन्तु यह कन्या अब नौ महीने की गर्भवती है इसलिए इसे बेहतर देखभाल की आवश्यकता है...। इसके बाद प्राक्षी को दासियाँ अपने साथ ले गयीं, और उसको स्नान कराके मखमल के वस्त्र पहना कर श्रृंगार करने के बाद स्वादिष्ट भोजन कराया गया, जो कि पृथ्वी लोक

की तरह शाकाहारी और पौष्टिक था । इसके बाद वो दासियाँ उसे सभा -घर में ले गयीं ,जहाँ पर DRAVEN और ELRA दोनों पहले से मौज़ूद थे । प्राक्षी के आने के बाद DRAVEN ने उससे कहा “हे कन्या ! महारानी द्वारा तुम्हारे साथ किये गए सलूक के लिए मैं तुमसे माफ़ी मांगता हूँ...। उम्मीद करता हूँ कि तुम यहाँ अब सकुशल रहोगी, तुम्हारी मदद करने से लिए AUSTIN आज से तुम्हारे साथ रहेंगी...। DRAVEN के इतना बोलते ही एक व्यस्क औरत जो कि खुद गर्भवती है प्राक्षी के सामने आती है , और उसके सर पर हाथ फिराती है । इसके बाद DRAVEN कहता है ये AUSTIN हैं..।

ये हमारे गुरु AUDRIC की पत्नी हैं । आज से ये ही तुम्हारी देखभाल करेंगी...। इसके बाद DRAVEN ने AUSTIN से कहा ... "गुरुमाँ आज

से ये कन्या आपके संरक्षण में रहेगी, उम्मीद करता हूँ कि आप इसका अच्छे से ख्याल रखेंगी ,और यदि इसको कोई हानि हुई तो परिणाम क्या हो सकता है, ये आप भली भांति जानती हैं...।" इसके बाद AUSTIN प्राक्षी को वहां से अपने घर ले आती है, और प्राक्षी को बैठा कर उससे कहती है , "बेटी तुम यहाँ बिलकुल सुरक्षित हो इसे अपना ही घर समझो और निश्चिन्त हो जाओ..." प्राक्षी कुछ देर तक AUSTIN को एक - टक देखती रही फिर थोड़ी देर बाद वह AUSTIN के गले से लग कर फूट - फूट कर रोने लगी.... । प्राक्षी ने रोते - रोते , AUSTIN को अपनी आप बीती सुनाई । प्राक्षी की बातें सुन कर AUSTIN बोली .. "मैं ये सब जानती हूँ बेटी ।

ये भी जानती हूँ कि तुम ही वो कन्या हो जो इन असुरों को उस दैविक जल की प्राप्ति करने में सहायक बन सकती हो , पर ये मूर्ख ये नहीं जानते कि गुलाब के फूल से सिर्फ खुशबू ही नहीं कांटे भी मिलते हैं..यदि उन काँटों को न निकला जाये तो वे फूल तोड़ने वाले को घायल भी कर सकते हैं...।” AUSTIN की बात सुन कर प्राक्षी हैरान रह गयी और बोली .. " मैं समझ नहीं पा रही हूँ कि आपकी इस बात का क्या तात्पर्य है....?" ऐसा क्या है मुझमें जो इन असुरों को चाहिए ..। आखिर क्यों ये लोग मेरे पीछे पड़े हुए हैं...?" आखिर मैं हूँ कौन..?” प्राक्षी के इतने सवाल सुन कर AUSTIN ने कहा अगर मैंने अभी तुम्हें ये सब बता दिया तो तुम्हारे गर्भ में पल रहे शिशु पर इस का प्रभाव पड़ेगा, हो सकता है कि उसकी प्रवृत्ति ही बदल जाये । ये भी हो सकता है कि ये कहानी सुनते वक़्त जो नकरात्मक ऊर्जा यहाँ से निकलेगी वो तुम्हारे गर्भ में पल रहे शिशु पर प्रभाव डाले । AUSTIN की ये बात सुन कर प्राक्षी ने कहा " ये मेरा शिशु है इसके अंदर कोई नकरात्मक ऊर्जा प्रवेश कर ही नहीं सकती , क्यूंकि मैंने अपने जीवन में ऐसा कोई काम नहीं किया जिससे किसी दूसरे को कोई हानि हो । इसलिए कृपया आप मेरी उलझन का समाधान कीजिये ।"

प्राक्षी की बात सुन कर AUSTIN ने कहा .. "यदि तुम सुनना ही चाहती हो तो सुनो , लेकिन ये कहानी सुनाने से पहले मैं तुमसे एक बात बता दूँ, कि ये कहानी सुनने के बाद तुम्हे, तुम्हारे कल और आज दोनों का पता चल जायेगा । इसलिए तुम्हे खुद को संभालना पड़ेगा ...।" AUSTIN की बात सुनकर प्राक्षी ने कहा .. "मैं आपकी सारी बातें ध्यान से सुनूंगी..।" AUSTIN कहानी सुनाने ही वाली थी कि तभी वहाँ DRAVEN का आगमन हुआ । DRAVEN के आते ही प्राक्षी ने अपने शरीर में कुछ हलचल महसूस की । मानो उसका शरीर उसके खुद के बस में नहीं है, और उसकी आज्ञा के बिना कुछ करना चाहता है । DRAVEN ने AUSTIN को घर के बाहर बुलाया , और उससे कुछ बातें करने लगा...।" थोड़ी देर बात करने के बाद DRAVEN वहां से चला गया और AUSTIN घर के अंदर वापस आयी..। AUSTIN के आने के बाद प्राक्षी ने पूछा .. "ये कौन था और आपसे ऐसे क्या कह रहा था ?" AUSTIN ने

कहा .. “ये DRAVEN है.. इस गृह जिसका नाम ECHO है, ये यहाँ का राजा है..., और इसने मुझे वही सब बताया है जो अब मैं तुम्हे बताउंगी..., ये मूर्ख ये नहीं जानता कि मैं इसकी गुरुमाँ हूँ । मैं इस गृह पर हो रही हर एक चीज़ के बारे में जानती हूँ...। आओ बेटी मैं तुम्हें तुम्हारी हक़ीक़त बताती हूँ.., तुम्हारी ज़िन्दगी का एक बड़ा राज़ ।” इसके बाद AUSTIN ने प्राक्षी को कहानी सुनना शुरू की ।

8

Austin's Tale

ज़िन्दगी में एक कहावत तो आप सबने सुनी होगी... कि नदी में डूबती किसी चीज़ को एक तिनके का सहारा काफी होता है...। इस कहावत का मतलब ये है कि ज़िन्दगी में कभी - कभी हमारे सामने बहुत बड़ी समस्या आ कर खड़ी हो जाती है.., और लाख ढूँढने पर भी हमे उसका हल नहीं मिल पाता कि तभी ,एक छोटी सी मदद से वो समस्या हल हो जाती है..। प्राक्षी का जीवन भी जीवन की उस नदी में झूम रहा था कि तभी , AUSTIN के रूप में शायद उसे वो सहारा मिल रहा था, जो उसे एक किनारे पर ले जाने वाला था । अब वह किनारा कौन सा होगा इसका फैसला सिर्फ समय कर सकता है.., परन्तु एक बात तो साफ़ थी कि ECHO गृह और प्राक्षी का शायद कोई गहरा रिश्ता है ,जो उसे वहाँ तक खींच लाया....। प्राक्षी की बातें सुन कर पार्थ निशब्द था । वह इस बात से खुद से नाराज़ था कि वह इन सब में अपनी बहन के साथ क्यों नहीं था । इसके बाद प्राक्षी ने पार्थ को आगे की कहानी बताना शुरू किया...।

AUSTIN की बातों ने प्राक्षी को परेशान नहीं किया..। AUSTIN के मना करने के बाद भी प्राक्षी ने उनसे सच्चाई बताने पर मजबूर किया...। इसके बाद AUSTIN ने प्राक्षी को ECHO पर हुए हमले से लेकर उस जल की खबर मिलने , MENTIS और FLORA के पृथ्वी पर जाने, और DRAVEN द्वारा AUDRIC को बंदी बनाये जाने के बारे में बताया..., और फिर उसने प्राक्षी से कहा कि अब सारी बातें बहुत ध्यान से सुनना

और उसने प्राक्षी को बताना शुरू किया ।

जब प्राक्षी अपनी दोस्त की शादी में गयी तब वहाँ पर MENTIS और FLORA पंडित के रूप में मौज़ूद थे । उन दोनों ने प्राक्षी की दोस्त के घरवालों पर वशीकरण जादू किया, और उन लोगों से दुल्हन और दूल्हे के सिर्फ उन दोस्तों को बुलाने के लिए कहा ,जिनकी उम्र उन दोनों जितनी हो । इसके अलावा किसी को भी शादी में नहीं बुलाया गया । इसके साथ - साथ उन्होंने उनसे उनके कुछ दोस्तों से कुंडलियां मंगाने के लिए भी कहा । इसके बाद प्राक्षी की दोस्त की शादी वाले दिन MENTIS और FLORA ने सबके आने से पहले वहाँ अपना एक छोटा सा तम्बू लगाया और वहाँ पर लोगों की कुंडलियां पढ़ कर भविष्य बताने का स्वांग रचा । जो भी लोग उसके अंदर जाते थे MENTIS और FLORA उनकी कुंडलियों की जाँच करते थे, और उनके जन्म के वक़्त के नक्षत्र का पता लगाते थे । इसी के साथ वो दोनों उन सभी लोगों पर वशीकरण कर देते थे जो भी उनके पास कुंडली ले कर आते थे , ताकि बाहर जाकर वो MENTIS और FLORA की तारीफ करें जिससे ,और लोग उनकी तरफ आकर्षित हों...।

तभी उस शादी में प्राक्षी आती है...। वह अपने साथ अपनी कुंडली नहीं लायी थी । तभी उसने कुछ लोगों से सुना कि वहाँ उस तम्बू में दो पंडित जी कुंडली देखकर बिलकुल सटीक भविष्य बता रहें हैं । ये बात सुन कर प्राक्षी भी उनकी तरफ आकर्षित हुई, और इसके बाद वह उस तम्बू के अंदर गयी और उसने MENTIS और FLORA जो कि पंडित के रूप में थे उन दोनों को प्रणाम किया । इसके बाद उसने उन दोनों से कहा .. "क्या आप दोनों मेरा भी भविष्य देख सकते हैं...?" ये सुनकर MENTIS बोला .. "क्यों नहीं बालिका ...हम यहाँ सिर्फ भविष्य देखने के लिए ही तो आये हैं...। लाओ अपनी कुंडली हमें दो और हम अभी तुम्हारा भविष्य बताएं देते हैं...।" ये बात सुन कर प्राक्षी ने कहा , "मान्यवर! मेरे पास अभी मेरी कुंडली नहीं है, और ना ही इतना समय है कि घर से जाकर मैं अपनी कुंडली ला पाऊँ । ये बात सुन कर FLORA बोली .. "कोई बात नहीं कन्या तुम कल हमारे आश्रम पर आकर भी अपनी कुंडली दिखा सकती हो...।" इसके बाद FLORA ने प्राक्षी से उसके घर का पता लिया

और उसे अपने उस आश्रम का पता दिया , जो उसके घर के पास था । इसके बाद प्राक्षी अपनी दोस्त की शादी में शामिल होती है और उन दोनों को बधाई देकर वापस अपने घर चली जाती है...। उधर लाख ढूँढने पर भी MENTIS और FLORA को वह कुंडली और कन्या नहीं मिल पाती , जिसकी उन्हें तलाश थी ।

अगले दिन प्राक्षी सुबह जल्दी उठती है और अपनी कुंडली ढूंढ निकालती है..। इसके बाद वह जल्दी तैयार होकर FLORA द्वारा बताये , उस आश्रम के पते पर जाती है...। प्राक्षी जैसे ही आश्रम में कदम रखती है उसे ऐसा एहसास होता है कि इस जगह का माहौल मानों दुनिया से अलग हो । वह इन सब बातों को नज़रअंदाज़ करके आगे बढ़ती है । तभी उसे FLORA दिखाई देती है प्राक्षी उसके पास जाकर प्रणाम करती है और कहती है .. "आपने मुझे मेरी कुंडली लाने के लिए कहा था, सो मैं ले आयी । मेरे मन में अपना भविष्य जानने की बहुत जिज्ञासा है ,इसलिए आप कृपया मेरा भविष्य बताकर मुझे धन्य करें...।" ये सुनकर FLORA ने प्राक्षी को अंदर आश्रम में बनी एक झोपडी में ले गयी, जहाँ पर MENTIS पहले से मौज़ूद था । प्राक्षी ने MENTIS को प्रणाम किया और वहाँ पर बैठ गयी...।" इसके बाद FLORA ने प्राक्षी से कहा .. "लाओ कन्या अपनी कुंडली गुरुदेव को दिखाओ..." प्राक्षी ने अपनी कुंडली अपने बैग से निकाल कर MENTIS को दे दी, और FLORA के कहने पर वहीं हाथ जोड़ कर और आँखे बंद करके बैठ गयी..। इसके बाद MENTIS ने प्राक्षी की कुंडली खोली और जैसे ही उसने प्राक्षी का जन्म नक्षत्र पढ़ा , उसके पैरों तले जमीन खिसक गयी...।

प्राक्षी ही वो कन्या थी जिसका जन्म रोहिणी नक्षत्र में हुआ था । MENTIS ने वो कुंडली FLORA को दिखाई और उसे देखते ही FLORA की आँखे फटी की फटी रह गयीं ...। MENTIS ने FLORA से आँखों ही आँखों में प्राक्षी को बंदी बनाने के लिए कहा । FLORA ने प्राक्षी पर शक्ति प्रहार किया पर वो किसी काम नहीं आया , मानों कोई अदृश्य शक्ति प्राक्षी की मदद कर रही थी । इसके बाद प्राक्षी ने अपनी आँखे खोली और उन दोनों से अपने भविष्य के बारे में पूछा । प्राक्षी को ये सवाल पूछता देखा मानों उन दोनों के चेहरे की हवाइयां उड़ गयीं...।

उन दोनों ने अपने होश सँभालते हुए कहा .. "हाँ ..... हाँ कन्या तुम्हारा भविष्य बहुत उज्जवल है । ये सुनकर प्राक्षी ने कहा , "आपका बहुत बहुत धन्यवाद् पर अब मुझे जाना होगा ।" इतना कहकर प्राक्षी वहाँ से जाने लगती है । उसके पीछे से भी MENTIS और FLORA उस पर सम्मोहन शक्ति का प्रयोग करते हैं पर उसका भी प्राक्षी पर कोई असर नहीं होता है...।इसके बाद प्राक्षी वहाँ से अपने घर चली जाती है । उसके बाद MENTIS और FLORA ने तुरंत अपने सभी फैले हुए प्रतिबिम्बों को अपने अंदर समाहित किया और तुरंत ECHO गृह पर लौट गए । उन्होंने वो सारी बातें DRAVEN को बतायीं और कहा ... "महाराज हमने हमारा कार्य पूरा कर दिया है, अब इसके बाद क्या करना है ये हम नहीं जान पाए... इसलिए हमे माफ़ करें...।" उन दोनों की ये बात सुनकर DRAVEN भी आश्चर्य में था ,कि ऐसा क्या किया जाये कि उस कन्या को अपने वश में किया जा सके...। DRAVEN ने MENTIS और FLORA को वापस पृथ्वी पर ही जाकर उस कन्या पर नज़र रखने के लिए कहा । इसके बाद वो दोनों पृथ्वी लौट गए... उनके जाने के बाद DRAVEN को सिर्फ एक ही रास्ता सूझा और वो था AUDRIC ।

DRAVEN तुरंत AUDRIC के पास पहुंचा और उसे पूरी बात विस्तार से बताई और मदद करने के लिए कहा । AUDRIC ने कहा ... "वत्स मुझे पता था कि तुम एक न एक दिन मेरे पास मदद मांगने के लिए ज़रूर आओगे...। तुमने मुझे यूँ कैद करके रखा है इस बात का मुझे कोई क्रोध नहीं है। मैं हमेशा से ECHO गृह के हित के लिए काम करता रहूँगा ।" इसके बाद AUDRIC ने कहा .. "हमे कुछ ऐसा करना होगा जिससे कि वो कन्या हमारे वश में हो जाये । और ऐसा सिर्फ एक ही पाश है जो उस कन्या को फँसा सकता है । वह है प्रेम जाल , परन्तु एक समस्या है..।" ये सुनकर DRAVEN बोला .. "ऐसी क्या समस्या है गुरुदेव...!" AUDRIC ने कहा ... "यदि हमे उस कन्या पर एक मजबूत प्रेमजाल बनाना है तो हमे उसके भविष्य में नही उसके अतीत में ये जाल फेंकना होगा । क्यूंकि अतीत की दुनिया से निकलना बहुत मुश्किल होता है...। मनुष्य अपना भविष्य बदल सकता है परन्तु उसके अतीत में जो हो गया उसको नहीं बदल सकता । इसलिए हम उस कन्या का अतीत अपने

वश में करेंगे । ये सुन कर DRAVEN चौंक गया और बोला.. "परन्तु गुरुदेव क्या ऐसा सच में संभव है...?" ये सुनकर AUDRIC ने कहा ... "मैं अपनी तंत्र विद्या से किसी के भी अतीत में तीन दिन जोड़ कर उसका अतीत बदल सकता हूँ । ये शक्ति मुझे मेरे कठिन तप से प्राप्त हुई है...। इसलिए तुम तुरंत MENTIS और FLORA को यहाँ बुलाओ...।"

ये बात सुनकर DRAVEN, MENTIS और FLORA को ECHO वापस बुलाता है..। उनके आते ही DRAVEN AUDRIC की कही बात उनसे बताता है....। DRAVEN की बात सुनकर MENTIS उससे कहता है... "महाराज उस कन्या पर कोई भी विद्या काम नहीं कर रही है। हम सब कुछ आज़मा कर देख चुके हैं..।" ये सुनकर AUDRIC ने कहा... "मैं जो विद्या इस्तेमाल करूँगा वो कोई साधारण सम्मोहन विद्या नहीं होगी वो तंत्र विद्या होगी । हम तंत्र विद्या की मदद से उस कन्या की ज़िन्दगी में आज से तीन दिन जोड़ देंगे । जब वह कन्या कल सुबह उठेगी तब उसे यही लगेगा की उसे तुम लोगों को कुंडली दिखाए हुए तीन

दिन बीत चुके हैं...। परन्तु एक समस्या है..” ये सुनकर DRAVEN ने कहा .. "क्या समस्या है गुरुदेव...?” AUDRIC ने कहा कि ECHO गृह से मैं पृथ्वी गृह पर उस कन्या के भाग्य में तीन दिन तो जोड़ दूंगा, परन्तु संसार का संतुलन बनाने के लिए ECHO गृह पर भी किसी के भाग्य में तीन दिन जोड़ने होंगे ।

ये सुनकर DRAVEN कहता है .. “गुरुदेव... रानी ELRA गर्भवती हैं.., और किसी भी समय संतान को जन्म दे सकती हैं...।परन्तु मेरे लिए ECHO और उसकी सुरक्षा ज्यादा महत्व रखती है...। इसलिए मैं आपसे विनती करता हूँ कि वो तीन दिन आप मेरे भाग्य में जोड़ दीजिये । ये सुनकर AUDRIC कहता है .... "ठीक है वत्स...। मैं वो तीन दिन तुम्हारे भाग्य में जोड़ देता हूँ.. ,परन्तु क्यूंकि तुम ECHO के ही वासी हो इसलिए वो तीन दिन तुम्हें अदृश्य होकर जीने होंगे...।" उन तीन दिन में तुम्हें कोई नहीं देख सकेगा , सिवाय इस जगह पर मौज़ूद लोगों के यानि हम सब और इस कारावास के बाहर मौज़ूद पहरेदार।” इसके बाद AUDRIC, MENTIS और FLORA से कहता है कि आज सुबह तुमने जो पहला पुरुष पृथ्वी पर देखा था उसे तुरंत यहाँ लेकर आओ । MENTIS और FLORA ने अपनी शक्तियों का इस्तेमाल किया और तुरंत उस पुरुष का अपहरण करके वहाँ लेकर आ गये । वह और कोई नहीं बल्कि राहुल था ।

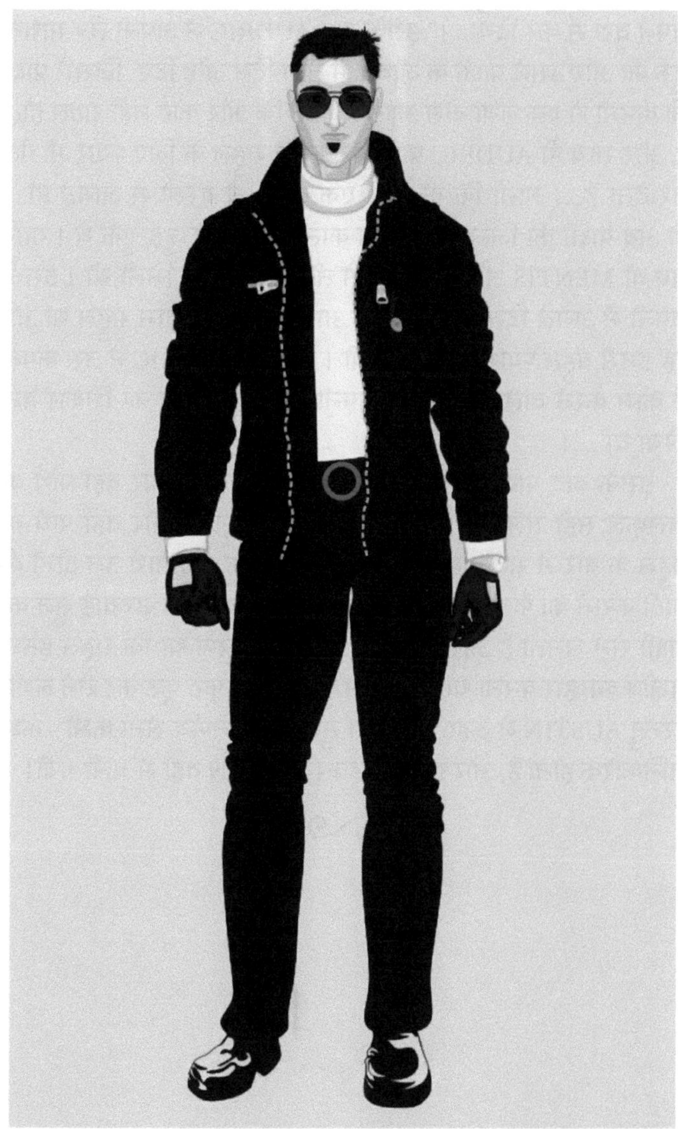

AUDRIC ने राहुल पर वशीकरण का इस्तेमाल किया और उसे अपने वश में कर दिया...।" इसके बाद AUDRIC ने अपनी तंत्र साधना शुरू की और उसने प्राक्षी के जीवन में तीन दिन जोड़ दिए, जिसमे प्राक्षी की कंपनी में एक नया बॉस आता है । जो कि और कोई नहीं राहुल होता है, और साथ ही AUDRIC प्राक्षी के मन में राहुल के लिए प्यार भी पैदा कर देता है...। मानों कि वो दोनों एक दूसरे को बरसों से जानते हों...। तो अब प्राक्षी की ज़िन्दगी में तीन काल्पनिक दिन जुड़ चुके थे । यानि अब वो MENTIS और FLORA से तीन दिन पहले मिली थी । उसकी कंपनी में अगले दिन एक नए बॉस आये थे जिनका नाम राहुल था और वह उनसे बहुत प्यार करने लगी थी । साथ ही AUDRIC ने उस कंपनी में काम करने वाले हर एक को अपनी इस तंत्र विद्या का शिकार बना लिया था ....।

इसके बाद प्राक्षी अगले दिन हॉस्पिटल जाती है और वहाँ पार्थ को बिलकुल सही सलामत देख कर बहुत खुश होती है और वहाँ पार्थ को राहुल के बारे में सब कुछ बता देती है । जिसके बाद पार्थ उन दोनों की शादी कराने का फैसला लेता है...। AUSTIN से ये सब सच्चाई सुन कर प्राक्षी रोने लगती है और कहती है .. "तो ये कारण था कि राहुल इतना अजीब व्यव्हार करता था... । इतना कहकर वह फूट फूट कर रोने लगी , परन्तु AUSTIN ने कहा "पूरी बात सुने बिना निर्णय लेना कभी - कभी हानिकारक होता है, और इतना कहकर AUSTIN वहाँ से चली गयी।

9

The Truth

समय पृथ्वी पर सबसे कीमती वस्तु है, इसकी तुलना किसी से भी नहीं की जा सकती है। यदि एकबार यह चला जाए, तो कभी वापस नहीं आता। यह हमेशा आगे की ओर सीधी दिशा में चलता है , न कि पीछे की ओर। इस संसार में सब कुछ समय पर निर्भर करता है, समय से पहले कुछ भी नहीं होता है। कुछ भी करने के लिए कुछ समय की आवश्यकता होती है। यदि हमारे पास समय नहीं है, तो हमारे पास कुछ भी नहीं है। समय को नष्ट करना इस पृथ्वी पर सबसे बुरी चीज मानी जाती है क्योंकि, समय की बर्बादी हमें और हमारे भविष्य को बर्बाद करती है। हम कभी भी बर्बाद किए हुए समय को फिर से प्राप्त नहीं कर सकते हैं। यदि हम अपना समय बर्बाद कर रहे हैं, तो हम सब कुछ नष्ट कर रहे हैं।परन्तु यदि कोई हमारा समय ही अपने लाभ के लिए बदल दे ,तब हमारा हाल कैसा होगा तनिक विचार करके देखिये । वही हाल इस वक़्त प्राक्षी का है जब उसे AUSTIN से ये पता चलता है कि ,उसके द्‍वारा राहुल के साथ जी गयी ज़िन्दगी महज़ एक काल्पनिक ज़िन्दगी थी...। जिसे AUDRIC ने अपने लाभ के लिए बनाया था । पर क्या वास्तव में ऐसा था । ये जानने के लिए पार्थ प्राक्षी से आगे की कहानी सुनाने के लिए कहता है..। और बिना समय नष्ट किये प्राक्षी पार्थ को आगे की कहानी बताना शुरू करती है....।

AUSTIN की बात सुनकर जब प्राक्षी फूट फूट कर रोने लगती है तब AUSTIN उससे समय से पहले निर्णय न लेने को कहती है ।और वहाँ से चली जाती है....। कुछ समय बाद AUSTIN वापस आती है और वह अपने साथ एक मिट्टी से बना पात्र लाती है । जिसमे एक अजीब तरह का रसायन होता है...। AUSTIN प्राक्षी से कहती है । ये ECHO गृह का वो रसायन है जिससे यहाँ के लोगों के शरीर में हुई सारी बीमारियों का ईलाज़ हो जाता है....। इसलिए तुम भी अपने शरीर पर बने घावों पर इसे लगा लो..।" प्राक्षी के हाथों पर कुछ घाव लगे थे जो कालकोठरी में रहने के दौरान उसे लग गए थे । प्राक्षी जैसे ही वह रसायन उन घावों पर लगाती है, उसके घाव गायब हो जाते हैं । और प्राक्षी के अंदर एक नयी ऊर्जा का संचार होता है । इसके बाद AUSTIN प्राक्षी से कहती है , "अब जो बात मैं तुम्हें बताने वाली हूँ । वह सब शायद तुम्हारी ज़िन्दगी बिलकुल बदल देंगी.....।" इसके बाद AUSTIN प्राक्षी को बताना शुरू करती है...।

जब प्राक्षी पार्थ को अपने और राहुल के बारे में बताती है , और कहती है कि .. " याद है भाई मैंने कुछ समय पहले तुम्हें अपने नए बॉस से मिलवाया था । पार्थ हैरान हो जाता है । वह नहीं समझ पाता कि प्राक्षी ने कब अपने नए बॉस से उसे मिलवाया था । परन्तु उस वक़्त पार्थ अपने सपने में खुद को एक योद्धा के रूप में देखे जाने से ज्यादा परेशान होता है और प्राक्षी की हाँ में हाँ मिला देता है...। ये सोच कर कि शायद वह अपने हादसे की वजह से सब भूल गया है...। इसके बाद पार्थ अपनी बहन की ख़ुशी के लिए उसकी शादी राहुल से अगले ही दिन कराने के लिए तैयार हो जाता है...। क्यूँकि उसे भीखू के पास जल्द से जल्द जाना था । लेकिन वो तीन दिन जो AUDRIC ने प्राक्षी की ज़िन्दगी में जोड़े थे ,वो तीन दिन ECHO गृह पर DRAVEN को जीने पड़े और, उन तीन दिनों में उसे कोई नहीं देख सकता था ।

ये सुनकर प्राक्षी AUSTIN से पूछती है , " तो क्या उन तीन दिन से पृथ्वी और ECHO के बीच तीन दिन का अंतर हो गया ?" इस पर AUSTIN कहती है... " नहीं पुत्री समय तो अपनी रफ़्तार से चलता जाता है । वो तीन दिन सिर्फ DRAVEN को जीने पड़े उन तीन दिन

में क्या हुआ वह सब महाराज DRAVEN ने देखा । वह भी स्वप्न में । यानि उनका शरीर निश्छल था परन्तु वह स्वप्न के माध्यम से उन तीन दिन में सब कुछ कर सकने में सक्षम थे...। और ऐसा करते हुए उन्हें ECHO पर सिर्फ AUDRIC और कुछ पहरेदार (जो उस समय कारावास में मौजूद थे) देख सकते थे । इसके बाद प्राक्षी AUSTIN से पूछती है... "तो क्या हुआ था उन तीन दिन में...? क्या आप मुझे बताएंगी ..?" ये सुनकर AUSTIN ने कहा , " मैं तुम्हें बताने के लिए तुम्हारे साथ हूँ पुत्री... सुनो.." इसके बाद AUSTIN उन तीन दिन के बारे में प्राक्षी को बताती है... DRAVEN जब उन तीन दिन को अपने स्वप्न में जी रहा था , तब उसने देखा कि महारानी ELRA ने एक स्वस्थ शिशु को जन्म दिया जिसका नाम **MARCUS** रखा गया ।

परन्तु ECHO गृह पर हर कोई DRAVEN के ना होने से हैरान था । DRAVEN ने अपनी मौजूदगी का अहसास सबको कराने की कोशिश की। परन्तु वह ऐसा करने में सफल नहीं हो सका , इसके बाद अचानक वहाँ DRAVEN के गुप्तचर आये और सर नीचे करके बोले , "महाराज DRAVEN की जय हो...। महाराज हमने यह पुस्तक गुरु AUDRIC के घर से ढूँढी है और यह स्वयं उन्होंने ही लिखी है....।" परन्तु गुप्तचर DRAVEN को वहाँ न पाकर वह पुस्तक वहीं पर रख कर चले गए..." DRAVEN ने उस पुस्तक को उठाया और उसको खोला । वह पुस्तक ECHO गृह के अतीत और वर्तमान की पूरी गाथा थी...। DRAVEN हैरान था कि आज तक उसने वो पुस्तक क्यों नहीं पढ़ी....। और न ही AUDRIC ने कभी उस पुस्तक के बारे में बताया । इसके बाद DRAVEN का ध्यान एक ऐसे पृष्ठ पर पड़ा जो की मुड़ा हुआ था। शायद वह किसी चीज़ की निशानी था । DRAVEN ने उस पृष्ठ को खोला और उसे पढ़ा । उस पृष्ठ पर जो था उसे पढ़ते ही DRAVEN की आँखे खुली की खुली रह गयीं ...। उस पृष्ठ के नीच जल की उस एक जगह के बारे में भी लिखा था जो AUDRIC ने बताई थी...।

वह सब पढ़ने के बाद DRAVEN के मन में उस जगह को देखने की इच्छा जाग्रत हुई...। DRAVEN तुरंत अपनी शक्तियों की मदद से उस स्थान पर पहुँच गया और मंदिर के अंदर जाने का प्रयास करने लगा...।

DRAVEN घंटो तक उस मंदिर के अंदर जाने का प्रयास करता रहा परन्तु वह सफल नहीं हो पाया... । DRAVEN को बहुत क्रोध आया और वह क्रोध में अपने महल लौट लाया....। वहाँ से वह सीधा गुरु AUDRIC के पास गया और.., वह पुस्तक उनके सामने फैंक कर उनसे झूठ बोलने का कारण पूछा और बहुत बुरा भला कहा । और बिना कुछ सुने वहाँ से वापस आ गया ....।" DRAVEN को ऐसा करते हुए किसी ने नहीं देखा , परन्तु जैसा की AUDRIC ने कहा था कि उस कारावास के बाहर मौजूद लोग DRAVEN को देख सकते थे । उनमें से एक पहरेदार ने DRAVEN को ये सब करते अपने स्वप्न में देखा , परन्तु उसे ऐसा ही लगा कि उसने ये सब वास्तविकता में देखा है....।

अगले दिन AUDRIC ने खुद DRAVEN को बुलाया और उसको बताया कि , वही कन्या उस जल को दृश्यमान कर सकती है जिसका जन्म ECHO पर हुआ हो...।" और फिर उसके कान में कहा कि , वत्स " तुम्हें इतना उतावला होने की ज़रूरत नहीं है...। जो मोहरा हमने उस कन्या पर फेंका है अब वही मोहरा हमारे काम आएगा । परन्तु तुम बस अपने दिमाग को ठंडा रखने की कोशिश करो । ये सुनकर DRAVEN ने AUDRIC को झुक कर प्रणाम किया और इसके बाद दोनों ने इशारों में कुछ बात की और..., DRAVEN AUDRIC को अपने साथ लेकर कारावास से बाहर चला गया , और महल से बाहर जाकर उसने AUDRIC को एक तोता बना दिया । और तोता बनते ही AUDRIC वहाँ से अदृश्य हो गया । इसके साथ ही DRAVEN भी स्वयं ECHO से प्रस्थान कर गया .....।"

ये सुनकर प्राक्षी ने AUSTIN से पूछा "तोता!... DRAVEN ने अपने गुरु AUDRIC को एक तोता क्यों बनाया ?" ये सुनकर AUSTIN ने कहा .. "ECHO गृह से पृथ्वी पर जाने के लिए। AUDRIC एक महान तपस्वी हैं.. पर साथ ही वह ECHO के राजगुरु भी हैं...। और ECHO गृह के नियमों के हिसाब से वह एक गृह से दूसरे गृह अपने असली रूप में नहीं जा सकते । वरना हो सकता है कि कोई उन्हें पहचान ले ।" ये सब सुनकर प्राक्षी बोली , "तो DRAVEN स्वयं कहाँ गया था ?" ये सुनकर AUSTIN ने कहा । " वो तुम्हारे पास आ रहा था बेटी... तुम्हारी शादी

में शिरकत करने...।" इसके बाद AUSTIN ने प्राक्षी को आगे की बात बताई....। ECHO गृह से जाते ही DRAVEN ने अपने वो तीन दिन पूरे कर लिए थे जो उसने अपने लिए स्वीकार किये थे । यानि की अब हर कोई DRAVEN को देख सकता था ।

पृथ्वी पर ये नया दिन था और इस दिन प्राक्षी की शादी थी....। उधर ECHO गृह पर DRAVEN के ना मिलने से ELRA ने कारावास का रुख किया ,पर वहाँ गुरु AUDRIC को न पाकर वह और भी ज्यादा क्रोधित हो गयी...। तब एक पहरेदार ने उसे DRAVEN और AUDRIC के बारे में जो कुछ भी अपने स्वप्न के माध्यम से देखा था, सब बता दिया । ELRA इतना क्रोधित थी कि उसने उस पहरेदार का सर अपनी तलवार से काट डाला । उधर पृथ्वी पर प्राक्षी की शादी में DRAVEN एक कन्या का वेश धर कर आया और वहीं पर पीछे ख़ाली पड़े घर में जाकर छिप गया । ....विवाह की रस्में शुरू हुईं और पंडित जी ने मंत्र बोलने शुरू किये...। जैसे ही मंत्र शुरू हुए तभी MENTIS वहाँ पर आ पहुंचा । राहुल जो कि वशीकरण से बंधा था, उसने MENTIS को इशारों - इशारों में प्रणाम किया और । MENTIS से पीछे खाली पड़े उसी घर में , जिसमें DRAVEN गया था , उसमें जाने की प्राथना की....। राहुल का इशारा समझकर MENTIS वहाँ चला गया....।" जैसे ही विवाह की रस्में ख़त्म हुईं , राहुल तुरंत उस ख़ाली पड़े घर में चला गया .... । राहुल के आते ही DRAVEN अपने असली रूप में आ गया । राहुल ने MENTIS और DRAVEN दोनों को झुक कर प्रणाम किया और कहा, " बोलिये मैं आपके लिए क्या कर सकता हूँ..?"

ये सुनकर DRAVEN हँसने लगा और बोला, "सिर्फ तुम्हीं हो जो हमारे लिए ये कर सकते हो ये कहते हुए उसने , MENTIS की ओर इशारा किया और MENTIS ने राहुल के सर पर प्रहार किया , और अग्नि की एक ही शक्ति से एक पल में उसे जलाकर राख़ बना दिया । इसके बाद DRAVEN ने राहुल का रूप लिया और वहाँ से MENTIS के साथ बाहर आ गया । इसके बाद DRAVEN जो कि राहुल के रूप में था, प्राक्षी के साथ राहुल के घर की तरफ रवाना हुआ....." तब तक FLORA ने उस घर में रहने वाले सभी लोगों की हत्या करके उन्हें भस्म कर दिया ।

इसीलिए FLORA प्राक्षी की शादी में नहीं आयी थी...।"

AUSTIN से ये सब सुनकर प्राक्षी की रूह तक काँप गयी..। वह सोच भी नहीं सकती थी की । इस दुनिया में कोई इतना भी खूंखार हो सकता है....। इसके बाद प्राक्षी ने AUSTIN से कहा , "तो वह DRAVEN था जो राहुल के रूप में इतने दिन तक मेरे साथ रहा । तो क्या मेरे गर्भ में पलने वाला ये शिशु भी DRAVEN का ही है...?" ये सुनकर AUSTIN ने कहा , "ये जानने से पहले एक और बात तुम्हें जानना ज़रूरी है...।" ये सुनकर प्राक्षी ने कहा , " ऐसा क्या है जो मुझे जानना बहुत ज़रूरी है..?" इसके बाद AUSTIN ने आगे की बात बतानी शुरू की...।" प्राक्षी की शादी के बाद पार्थ बैंगलोर की तरफ रवाना हो चुका था....। पार्थ को बैंगलोर जाकर भीखू को ढूंढने और अपनी शक्ति का पूरा परिचय प्राप्त करने में ३ दिन का समय लगा...। इसके बाद भीखू ने अपनी शक्तियों से पृथ्वी के समय चक्र को रोक दिया । परन्तु ECHO गृह पर समय बराबर चलता रहा । यही कारण था कि अपनी शादी के ३ दिन बाद अचानक प्राक्षी को अपने कमरे में ना सूरज की रौशनी दिखाई दी और न ही किसी पक्षी की आवाज़ सुनाई दी...।

क्यूंकि... पृथ्वी पर सब कुछ स्थिर हो चुका था , प्राक्षी इसलिए स्थिर नहीं हुई क्यूंकि उसके गर्भ में पल रहा शिशु ECHO से सम्बन्ध रखता था । प्राक्षी को ये सब पता न चले इसलिए उसके पति ने उसे बाहर जाने नहीं दिया , और उसे एक झूठी कहानी बता दी । ये सब सुनकर प्राक्षी ने AUSTIN से पूछा , "तो क्या मेरे भाई के पास दैवी शक्तियां हैं ..।" ये सुनकर AUSTIN ने कहा , " हाँ पुत्री... तुम इस वक़्त नौ महीने की गर्भवती हो.., और उन नौ महीने से पृथ्वी पर सब कुछ स्थिर है..., और उन्ही नौ महीनो से तुम्हारा भाई एक महान योद्धा बनने की शिक्षा प्राप्त कर रहा है...।" प्राक्षी ने कहा... मुझे जल्द से जल्द अपने भाई के पास जाना है...। इतना कहकर जैसे ही प्राक्षी खड़ी हुई , तुरंत वह बेहोश होकर गिर गयी...।"

AUSTIN तुरंत वैद्यराज के पास पहुंची और उनको सब बताया... परन्तु...बताते ही AUSTIN भी वहीं बेहोश होकर गिर गयी....। इसके बाद वैद्यराज अपनी माया से प्राक्षी को AUSTIN के घर से अपने

पास ले आये और उन्होंने AUSTIN और प्राक्षी दोनों को एक शिविर में लिटाया और..., दोनों की जांच करने के बाद.. अपनी पत्नी को उस शिविर में बुलाकर स्वयं वहाँ से बाहर चले गए....। वह रात प्राक्षी के जीवन में शायद नया सवेरा लाने वाली थी। क्यूंकि उस रात प्राक्षी ने एक सुन्दर कन्या को जन्म दिया.... । परन्तु प्राक्षी ने जैसे ही AUSTIN की तरफ देखा वह बहुत हैरान रह गयी।

10

Raise Of A Heroine

जब भी नया सवेरा होता है, वह अपने साथ बहुत कुछ लाता है और साथ ही अपने साथ बहुत कुछ ले भी जाता है..। धरती पर पड़ने वाली पहली किरण अपने साथ पक्षियों का चहचहाना ,,, फूलों का खिलना और एक नयी ताज़गी का अनुभव लेकर आती है और अपने साथ ले जाती है रात्रि का काला अंधकार । प्रकाश और अंधकार के इसे दोराहे पर खड़ी प्राक्षी के जीवन में भी एक नया सवेरा आया, जब उसने एक कन्या रत्न को जन्म दिया। परन्तु वह कन्या प्राक्षी के साथ - साथ किसी ऐसे व्यक्ति से पितृत्व का रिश्ता रखती थी , जो कि ECHO गृह से ही था...। तो क्या वाकई ये कन्या प्राक्षी के जीवन में एक नया सवेरा लेकर आएगी ? या अभी भी प्राक्षी को मुश्किलों से गुज़ारना होगा..? ऐसे कई सवाल पार्थ के मन में चल रहे थे और इन्हीं सवालों का जवाब पाने के लिए उसने प्राक्षी से पूछा , "दीदी... आपने एक कन्या को जन्म दिया, तो आखिर वह कन्या है कहाँ... मुझे उससे मिलना है उसके साथ खेलना है...।" पार्थ की बातें सुनकर प्राक्षी ने कहा , "मैं जानती हूँ कि तुम्हारे मन में बहुत सारी जिज्ञासाएं ,बहुत सारे सवाल हैं...। एक बार ये कहानी पूरी हो जाये तुम्हें , तुम्हारे सारे सवालों के जवाब मिल जायेंगे...।" ये सुनकर पार्थ ने कहा," ठीक है दीदी तो फिर आगे की कहानी बताना शुरू कीजिये..।" इसके बाद

प्राक्षी ने आगे की कहानी बताना शुरू किया।

उस रात प्राक्षी और AUSTIN दोनों ही बेहोश होकर गिर जाते हैं...। तब वैद्यराज उनको एक शिविर में ले जाते हैं। जहाँ उनकी पत्नी प्राक्षी और AUSTIN की देखभाल करती है...। उस रात प्राक्षी एक सुन्दर कन्या रत्न को जन्म देती है....। तब वह AUSTIN की ओर देखती है और चौंक कर खड़ी हो जाती है...।" AUSTIN ने भी कन्या रत्न को ही जन्म दिया था , ये देखकर प्राक्षी हैरान हुई.. क्यूंकि AUSTIN ने कहानी बताते समय उसको बताया था कि ECHO गृह पर कोई कन्या जन्म नहीं ले सकती....।" इसके बाद वैद्यराज की पत्नी वहाँ से चली जाती हैं और प्राक्षी AUSTIN से कहती है , "आपको कन्या रत्न की प्राप्ति किस प्रकार हुई...?"

ये सुनकर AUSTIN ने कहा... "याद करो मैंने तुम्हें बताया था कि ECHO गृह पर कन्या जन्म नहीं ले सकती ..। परन्तु क्या तुम जानती हो इसका कारण क्या है...? इसका कारण है यहाँ की नकारात्मक ऊर्जा जो किसी भी कन्या भ्रूण को गर्भ में जीवित ही नहीं रहने देती...। ECHO गृह की पुस्तक में लिखा है कि, जब तक ECHO पर नकात्मक ऊर्जा रहेगी, तभी तक ECHO गृह शक्तिशाली रहेगा, परन्तु उस नकरात्मक ऊर्जा के कारण पवित्र कन्या रत्न ECHO पर कभी जन्म नहीं ले पायेगी...।" ये सुनकर प्राक्षी ने पूछा , "तो फिर इस कन्या ने कैसे जन्म लिया...?" ये सुनकर AUSTIN ने कहा ये बताने के लिए मुझे तुम्हें वो बताना होगा जिसका जवाब तुम ढूंढ रही हो ।" इसके बाद AUSTIN ने प्राक्षी को उसकी ज़िन्दगी का सबसे बड़ा राज़ बताना शुरू किया...।

शादी की पहली रात जब प्राक्षी को वह मंत्र सुनाई दे रहे थे ,उस वक़्त AUDRIC उस घर की छत पर उन मन्त्रों का जाप कर रहे थे । वह मंत्र इसलिए थे जिससे प्राक्षी उनके वश में रहे ... । क्यूंकि जल के दो स्थान अभी भी अनजान थे...। AUDRIC उन सभी स्थानों का जल ECHO के लिए चाहता था । जैसे ही प्राक्षी ऊपर जाने लगी तभी पीछे से DRAVEN ने उसका हाथ पकड़ लिया जो कि उस वक़्त अपने असली रूप में अदृश्य होकर उन मन्त्रों को सुन रहा था । इसके बाद अगली सुबह जब DRAVEN प्राक्षी को उस मंदिर पर लेकर गया... और प्राक्षी से

आँखे बंद करने के लिए कहा , तब जो मंत्र प्राक्षी को सुनाई दिए वह भी AUDRIC द्वारा ही बोले गए थे....।" परन्तु वहाँ पर कुछ ऐसा भी हुआ जिससे प्राक्षी अनजान रही...।

जिस वक़्त प्राक्षी अपनी आँखे बंद करके वहाँ पूजा कर रही थी उसी वक़्त AUDRIC ने राहुल का रूप लिया और DRAVEN की जगह ली...। और DRAVEN वहाँ से अदृश्य हो गया...।" AUSTIN से ये सब सुनकर प्राक्षी की रूह काँप उठी...। वह कुछ बोलती इससे पहले ही AUSTIN बोल पड़ी, "हाँ पुत्री जो तुम सोच रही हो वही सत्य है...। तुम्हारी इस कन्या के पिता और कोई नहीं AUDRIC ही हैं...।" प्राक्षी को ये सब सुनकर बहुत क्रोध आया... और वह क्रोध में उठ खड़ी हुई । तभी वहाँ पहरेदार आ पहुंचे और बोले , "महाराज ने गुरुमाँ AUSTIN को तुरंत अपने पास बुलाया है।" ये सुनकर प्राक्षी ने क्रोध में उन पहरेदारों की तरफ़ देखा और देखते ही देखते वो पहरेदार जल कर भस्म हो गए...।" प्राक्षी को ये देख कर बड़ा आश्चर्य हुआ और उसने AUSTIN की तरफ देखा... AUSTIN ने कहा ,"ये तुम्हारे बलिदान का फल है...।" इतना कहकर AUSTIN ने आगे की बात बताना शुरू किया ..." ।

इसके बाद AUDRIC जो राहुल के भेष में था प्राक्षी को गुफा में अनुष्ठान के लिए लेकर गया , "वह अनुष्ठान इसलिए था ताकि , प्राक्षी एक ऐसे कन्या जो जन्म दे जो उस जल को सफलतापूर्वक उठाने में सक्षम हो...। और साथ ही शक्तिशाली भी , ताकि अपने कार्य में आने वाली बाधाओं से वह पार पा सके । AUDRIC राहुल के रूप में था और इसीलिए वहाँ पर वही सारे मंत्र जाप करता था ...। जब प्राक्षी अपनी आँखे बंद करके पूजा कर रही होती थी , तब AUDRIC अपने रक्त की आहुति देता था । यही कारण था कि प्राक्षी को राहुल के हाथ में घाव दिखता था, और क्यूंकि AUDRIC पृथ्वी पर एक तोता बनकर आया था इसलिए धरती पर रूप बदलने के लिए ये ज़रूरी था कि वह पृथ्वी लोक पर किसी तोते की बलि दे...। इसीलिए प्राक्षी ने गुफा में वो खून से सने तोते के पंखो को देखा था , जो कि AUDRIC कि माया के कारण आकर में बड़े थे। AUSTIN , प्राक्षी को सारी सच्चाई बता चुकी थी...।

परन्तु ये बात अभी भी प्राक्षी की समझ से बाहर थी , की ECHO गृह पर AUSTIN की कोख से किसी कन्या ने कैसे जन्म ले लिया ? प्राक्षी ने AUSTIN की कन्या को अपनी गोद में लिया और ध्यान से उसका चेहरा देखा । उसका चेहरा देखते ही वह चौंक गयी.... AUSTIN की कन्या और प्राक्षी से जन्मी कन्या का चेहरा एकदम एक जैसा था । ये देख कर प्राक्षी ने AUSTIN की तरफ हैरानी से देखा , और AUSTIN ने प्राक्षी से कहा , "पुत्री ये सब तब हुआ जब तुम , उस कारावास में थी...।" जब तुम कारावास में थीं , तब एक दिन AUDRIC हमेशा की तरह रात्रि में घर आये । उस दिन वह ECHO गृह के बारे में अपनी पुस्तक में लिखना चाहते थे । ECHO गृह का अतीत और वर्तमान लिखते - लिखते उन्हें ख्याल आया की आज मैं ECHO गृह का भविष्य देखूंगा, और उसको अपनी पुस्तक में लिखूंगा , और इसलिए उस दिन AUDRIC समाधी में बैठे...। तब उन्होंने ECHO गृह का भविष्य देखा ,और उन्हें दिखी हर तरफ तबाही ही तबाही और उस तबाही में दिखे कुछ ऐसे योद्धा जिन्होंने ECHO गृह की नीव तक हिला दी...।

उन योद्धाओं में तुम और तुम्हारा भाई भी था । ये सब देखकर AUDRIC का मन आत्म ग्लानि से भर गया , और उन्हें लगा की इस सबकी वजह वही हैं...। फिर उन्होंने मुझसे कहा की वो ये सब सुधारने का एक अंतिम प्रयास ज़रूर करेंगे । और तब उन्होंने अपने जीवन शक्ति की मदद से तुम्हारे गर्भ का अंश मेरे गर्भ में स्थापित किया , और बोले, "ये कन्या ही इस गृह का उद्धार करेगी...।" इतना कहकर AUDRIC की आत्मा बराबर हिस्सों में हम दोनों के गर्भ में समाहित हो गयी , AUDRIC के जीवन की असीम शक्तियां तुम्हें और तुमसे भी ज्यादा तुम्हारे गर्भ में पल रही इस कन्या को प्राप्त हुईं , परन्तु तुम्हारी शक्तियों का कारण केवल AUDRIC की शक्तियां नहीं है , इसके पीछे ज़रूर कोई राज़ है , जो मुझे ज्ञात नहीं है , तुम्हें स्वयं अपने अंदर छिपी शक्तियों को बाहर निकलना होगा , उन्हें पहचानना होगा , और ये तभी होगा जब तुम उन शक्तियों का प्रबल प्रयोग करना चाहोगी ।" AUSTIN ने आगे प्राक्षी से कहा , "क्यूंकि मेरा गर्भ तुम्हारे गर्भ का अंश मात्र है , इसलिए तुमने जिस पल कन्या को जन्म दिया तभी मैंने भी उसी रूप

की ही एक कन्या को जन्म दिया। ये सब सुनकर प्राक्षी ने कहा , "अब मैं सब कुछ समझ गयी हूँ... मैं अपनी अंतिम सांस तक जल के उन स्थानों के साथ - साथ इन दोनों कन्याओं का भी रक्षण करूँगी ।"

इतना कहकर जैसे ही प्राक्षी ने AUSTIN की कन्या को पालने में रखा । तभी पीछे से प्राक्षी पर किसी ने प्रहार किया , और प्राक्षी बेहोश होकर गिर गयी...।" जब प्राक्षी ने अपनी आँखे खोली तब पाया कि उसको और AUSTIN को किसी ने बंदी बनाया है । वह और कोई नहीं ELRA थी...। जो उन दोनों नवजात कन्याओं को लिए वहीं खड़ी थी...।" प्राक्षी के होश में आते ही ELRA जोर - जोर से हँसने लगी और बोली , "तुम्हारी ये कन्या अब ECHO गृह को एक नया जीवन और अमृत्व देगी लड़की , परन्तु अब तुम्हारी कोई आवश्यकता नहीं है । इतना कहकर जैसे ही ELRA ने प्राक्षी पर प्रहार करना चाहा , तभी AUSTIN ने जोर से हँसते हुए कहा , "कौन सी कन्या महारानी....? क्या आपको पता है इसमें से कौन सी कन्या है जो ECHO को अमर बनाएगी ...।" ये सुनकर ELRA को बहुत क्रोध आया और उसने AUSTIN पर प्रहार किया... जिससे वह मूर्छित हो गयी....।" इसके बाद ELRA ने उन दोनों कन्याओं को अपने दोनों हाथों में ,सर के बल पकड़ा , और प्राक्षी से कहा , "तुम तो माँ हो तो अपनी कन्या का रक्षण नहीं करोगी ?" ELRA के द्वारा उन दोनों ,कन्याओं को सर के बल पकड़ने से दोनों कन्यायें ज़ोर - ज़ोर से रोने लगीं । ये सब देख कर प्राक्षी को बहुत तेज़ क्रोध आया और वह ज़ोर से चिल्लाई...।

तभी वहाँ एक ऊर्जा का विस्फोट हुआ , और सबकी आँखे रौशनी में ढक गयी...। उस ऊर्जा - विस्फोट के कारण ELRA के हाथ से वो दोनों कन्याएं हवा में उछल गयीं और तेज़ी से नीचे गिरने लगीं...।" तभी एक लहराते वस्त्र ने उन दोनों कन्याओं को बचाया और वहाँ खड़ी एक कन्या ने उन दोनों कन्याओं को संभाल लिया ।" रौशनी के कम होने पर ELRA ने देखा कि उसके सामने एक कन्या रूपी योद्धा है..। जिसके बड़े - बड़े पंख हवा में लहरा रहे थे , जिसका आधा चेहरा एक मुखौटे से ढका था । वह और कोई नहीं प्राक्षी थी..।

ये सब देखकर ELRA हैरान रह गयी...। तब उसने क्रोध में प्राक्षी पर प्रहार किया , परन्तु प्राक्षी की शक्तियां इतनी प्रबल थीं कि ELRA के प्रहार का प्राक्षी पर कोई असर नहीं हुआ । इसके बाद ELRA और प्राक्षी में युद्ध छिड़ गया...। युद्ध की आवाज़ सुनकर DRAVEN भी वहाँ आ पहुंचा और , ELRA और DRAVEN दोनों मिल कर प्राक्षी से युद्ध करने लगे...। DRAVEN ने अग्नि की प्रचंड ज्वाला से प्राक्षी पर प्रहार किया , परन्तु प्राक्षी ने उस ज्वाला को अपने अंदर समाहित कर लिया, और दुगनी शक्ति से DRAVEN पर प्रहार किया । DRAVEN इस प्रहार के लिए तैयार नहीं था , और वह प्राक्षी के प्रहार से दूर जाकर गिरा । इसके बाद वहाँ मौजूद सैनिको और प्राक्षी में बीच भीषण युद्ध शुरू हुआ ।"

मौके का फ़ायदा उठाकर , ELRA ने प्राक्षी पर पीछे से प्रहार करने की कोशिश की , परन्तु प्राक्षी के पंखो ने कवच बन कर उसकी रक्षा की...। तब प्राक्षी ने ELRA को सर के बल उठाया और बोली, "जैसे को तैसा" । इतना कहकर प्राक्षी ने ELRA को दूर फेंक कर मारा । DRAVEN , ELRA और प्राक्षी के बीच ये युद्ध 60 दिनों तक जारी रहा , और एक - एक करके प्राक्षी ने उस महल में मौजूद 2 लाख सैनिकों को मौत के घाट उतार दिया ।

प्राक्षी क्रोध में मौत का तांडव कर रही थी....।" DRAVEN और ELRA बुरी तरह घायल हो चुके थे । इस पूरे युद्ध में प्राक्षी के शरीर से बंधे वस्त्र ने उन दोनों कन्याओं को सुरक्षित रखा । सभी सैनिको का वध करने के बाद प्राक्षी ने अपनी शक्ति से AUSTIN की चेतना को वापस लाया , और उन दोनों कन्याओं को AUSTIN की गोद में सौंप दिया । ये सब देखकर DRAVEN और ELRA ने एक दूसरे की तरफ देखा , मानों जैसे कुछ योजना बनाई हो, और उसके बाद ELRA ने प्राक्षी पर पीछे से प्रहार किया पर प्राक्षी के पंखो ने कवच बनाकर उसका रक्षण किया । परन्तु ठीक उसी वक़्त DRAVEN , AUSTIN के हाथ से एक कन्या को लेकर वहाँ से गायब हो गया....।

प्राक्षी को ये देख कर बहुत क्रोध आया और उसने ELRA को अपने दोनों हाथों में उठाकर बीच से चीर डाला , और DRAVEN की खोज में जाने लगी । तभी AUSTIN ने उसे रोक कर कहा , "रुको पुत्री...! उसे उसकी नियति की तरफ जाने दो...। परन्तु यदि इस वक़्त तुम गयीं तो तुम्हारी शक्तियां नियंत्रित नहीं रहेंगी...।" तुम चिंता मत करो , DRAVEN उस कन्या से कोई लाभ नहीं प्राप्त कर सकता क्यूंकि DRAVEN उस कन्या को लेकर गया है... जिसको मैंने जन्म दिया है...।" इसके बाद AUSTIN ने कहा , "इस वक़्त पृथ्वी , गुरु भीखू के सुरक्षा कवच में है...। इस वक़्त उनकी इच्छा के बिना पृथ्वी पर कुछ नहीं हो सकता ।" और हुआ भी कुछ ऐसा ही जैसे ही भीखू ने अपनी दिव्य दृष्टि से देखा कि DRAVEN पृथ्वी की ओर बढ़ रहा है , उन्होंने DRAVEN को अपने माया चक्र में फँसा दिया । DRAVEN अब एक जगह से दूसरी जगह उस चक्र में घूम रहा था ,पर उसे बाहर आने का

रास्ता नहीं मिल पा रहा था... ।

उधर AUSTIN ने प्राक्षी को उसकी शक्ति नियंत्रित करने की शिक्षा देना आरम्भ किया...।" AUSTIN ने प्राक्षी से ये भी बताया कि प्राक्षी को शक्ति मिलने की वजह उसकी कन्या थी... क्यूंकि उसमे AUDRIC की सारी शक्तियां थी और वही शक्तियां... प्राक्षी को मिलीं...। परन्तु क्या केवल वही एक कारण था प्राक्षी के शक्तिशाली होने का ?" ये AUSTIN ने उसे नहीं बताया । परन्तु एक सवाल था जो प्राक्षी को सता रहा था , उसने AUSTIN से पूछा की , "कुदरत ने धरती की रक्षा करने के लिए आखिर हम दोनों भाई बहनो को ही क्यों चुना ?" ये सुनकर AUSTIN ने कहा , "कुदरत ने नहीं ये तुम दोनों की नियति है कि ,तुम्हें धरती की रक्षा करनी ही होगी ,और शायद उसी कहानी में तुम्हारी और तुम्हारे भाई की शक्तियों का राज़ भी छुपा है...। परन्तु अभी उसका समय नहीं है....। अभी तुम्हें धरती की रक्षा करनी है...।" इसके बाद अगले 7 महीनो तक AUSTIN ने प्राक्षी को उसकी शक्तियों को नियंत्रित और सही तरीके से इस्तेमाल करने की शिक्षा दी , और इससे प्राक्षी की शक्तियां दोगुनी हो गयीं ।

इसके बाद AUSTIN ने प्राक्षी को बताया , " पिछले 6 महीनों से तुम्हारा भाई एक मंदिर के बाहर पहरा दे रहा है । तुमको उसकी सहायता करनी होगी शायद वह अकेला ECHO गृह के सबसे शक्तिशाली योद्धाओं से नहीं लड़ पाएगा । तुम्हें उसकी सहायता करनी होगी, परन्तु उससे पहले मुझे एक महत्वूर्ण काम करना है..।" इतना कहकर AUSTIN प्राक्षी को ECHO के राजमहल में लेकर गयी और वहाँ जाकर उसने प्राक्षी से कहा , "इस सिंहासन के नीचे एक मणि है ।जिसके बारे में जाते - जाते AUDRIC ने मुझे बताया था । इस मणि की कथा मैं तुम्हें फिर कभी बताउंगी, फ़िलहाल तुम उस मणि को वहाँ से निकाल कर लाओ...।" AUSTIN की बात सुनकर प्राक्षी ने अपनी शक्तियों की मदद से उस मणि को निकाला और तब AUSTIN ने उस मणि को प्राक्षी के सर में स्थापित किया और प्राक्षी से कहा , "अब हमे जल्द से जल्द पृथ्वी की ओर जाना होगा । तुम्हारे पृथ्वी की तरफ जाते ही गुरु भीखू का वो सुरक्षा कवच हट जायेगा, जो उन्होंने DRAVEN को रोकने के लिए

लगा रखा है...। इसलिए हमे तीव्र गति से पृथ्वी की ओर जाना होगा ।" इसके बाद प्राक्षी ने AUSTIN का हाथ पकड़ा और तीव्र गति से पृथ्वी की ओर चल दी । प्राक्षी को पृथ्वी की ओर आता देखकर कर मुस्कुरा कर भीखू ने DRAVEN को आज़ाद कर दिया ।

DRAVEN आज़ाद होते ही तेज़ी से पृथ्वी की ओर बढ़ा परन्तु प्राक्षी ने उसे रोक लिया और DRAVEN और प्राक्षी में युद्ध छिड़ गया...। उधर पृथ्वी पर MENTIS और FLORA पार्थ से युद्ध कर रहे थे । DRAVEN और प्राक्षी के बीच कुछ दिनों तक वो युद्ध चला परन्तु उस युद्ध में DRAVEN प्राक्षी को चकमा देकर भाग निकला । परन्तु प्राक्षी ने DRAVEN के पीछे जाने से पहले AUSTIN और अपनी कन्या को उस मंदिर से थोड़ा दूर शहर से बाहर एक गुफा में छिपा दिया ,और साथ ही AUSTIN को कहा कि अगर कोई समस्या दिखाई दे तो बारिश के माध्यम से उसे संकेत दे । उसके बाद जब प्राक्षी वहाँ पहुंची तब तक पार्थ ने FLORA को मौत के घाट उतार दिया था और , DRAVEN को घायल करके वापस ECHO भेज दिया था । परन्तु MENTIS ने धोखे से पार्थ को बंदी बना लिया था , और जल प्राप्त करने के लिए उस कन्या के साथ मंदिर की तरफ बढ़ रहा था । पर वह मूर्ख नहीं जानता था कि वो कन्या प्राक्षी की नहीं थी....। ठीक उसी वक़्त प्राक्षी ने उस पर प्रहार किया और अपने भाई को बचाया ।

प्राक्षी के मुख से अब तक की पूरी कहानी सुन कर पार्थ ने अपनी बहन को गले से लगा लिया । तब प्राक्षी ने उसे बताया कि , "भाई अभी समस्या ख़त्म नहीं हुई है....। माना की जल का ये स्थान सुरक्षित है , परन्तु अभी DRAVEN जीवित है और MENTIS भी । साथ ही ECHO भी अभी सुरक्षित है....।" तभी उन्हें पीछे से आवाज़ सुनाई दी , "जल के दोनों स्थानों की ज़िम्मेदारी अब तुम्हारे हाथों में है...।" ये सुनकर प्राक्षी और पार्थ तुरंत अपने शक्ति रूप में आ गये...। प्राक्षी और पार्थ ने पलट कर देखा तो एक वृद्ध व्यक्ति उनके पीछे खड़ा था ।

11

The Secret Water

पार्थ से मुँह की खाने के बाद और अपने दोनों हाथों को गंवाने के बाद जब DRAVEN , ECHO पहुँचा तो वहाँ का नज़ारा देख कर दंग रह गया । DRAVEN ने देखा कि ECHO पर चारो तरफ तबाही मची हुई है । इतने में MENTIS भी वहाँ आ पहुँचा । वह दोनों ही दर्द से कराह रहे थे, कि तभी वहाँ पर राजवैद्य आये....। उन्होंने अपनी शल्य चिकित्सा और माया की मदद से DRAVEN को MENTIS को एक पल में पहले की तरह स्वस्थ बना दिया ।" DRAVEN के अपने राजवैद्य का धन्यवाद दिया, और MENTIS से कहा, "यदि हमें उन दोनों से जीतना है, तो हमें अपनी शक्तियां प्रबल करनी होंगी । हमें कुछ ऐसा करना होगा, कि जल के बाकि दोनों जगहों पर हम मात न खाएं...।" ये सुनकर MENTIS ने कहा , "महाराज हमारी शक्तियां अलग - अलग उन दोनों का सामना नहीं कर सकतीं । हमें अपनी शक्तियों को मिलाना होगा। MENTIS के इतना कहते ही DRAVEN और MENTIS ने अपनी माया से एक मिटटी के पुतले का निर्माण किया । फिर दोनों ने अपनी शक्तियों के अंश एक साथ उस पुतले में डाले ...।ऐसा करते ही वहाँ पर अग्नि का एक भयंकर विस्फोट हुआ , और वह पुतला एक अद्भुद सुन्दर और आकर्षित कन्या में परिवर्तित हो गया....। जिसकी खूबसूरती से शायद चाँद भी शर्मा जाये । इसके बाद DRAVEN ने कहा , "ये कन्या इस गृह की सबसे शक्तिशाली योद्धा है , क्यूंकि इसके पास अग्नि की शक्तियां

तो हैं ही। साथ ही साथ उन दोनों ने जो प्रहार हम पर किये थे उन प्रहारों में समाहित जल शक्ति भी इस कन्या में है...। ये जब चाहे जहाँ चाहे अपना रूप बदल सकती है । इसका कोई भी एक रूप हमेशा के लिए नहीं होगा । इसका रूप इसकी इच्छा के अनुसार बदलेगा । DRAVEN ने उसे नाम दिया **TORNADO** ...।"

अस्तित्व में आते ही DRAVEN ने उसे प्राक्षी और पार्थ पर नज़र रखने के लिए भेज दिया । तभी वैद्यराज की पत्नी वहाँ आयीं , और उन्होंने DRAVEN को उनका पुत्र सौंपा, जिसका नाम **MARCUS** था।" तब DRAVEN ने MENTIS से कहा , "आज से मेरा पुत्र तुम्हारी ज़िम्मेदारी है... । आज से तुम इस ECHO गृह पर अदृश्य रहकर मेरे पुत्र को एक अद्वितीय योद्धा बनाओगे...।"

इतना कहकर DRAVEN ने MARCUS और MENTIS दोनों को अदृश्य कर दिया । इसके बाद DRAVEN ELRA के शरीर के पास गया और बोला, "वो लोग समझते हैं कि उन्होंने आपको मार दिया महारानी , परन्तु वो मूर्ख ये नहीं जानते कि ECHO गृह पर पति और पत्नी की शक्तियां एक होती हैं...। अगर दोनों में एक को भी कुछ हो जाये तो दूसरा महा शक्तिशाली हो जाता है...। यही कारण है कि गुरुमाँ वो सब

जानती हैं जो गुरु AUDRIC जानते थे । इतना कहकर DRAVEN ने कुछ मंत्र बोले और तभी वहाँ पर काली आत्माओं का साया जमा हो गया, और ELRA के शरीर से सारी शक्तियां निकल कर DRAVEN में समां गयीं...।" अब DRAVEN पहले से कहीं ज्यादा महाशक्तिशाली बन चुका था ।

उधर पृथ्वी पर प्राक्षी और पार्थ को एक वृद्‌ध व्यक्ति मिले । जिन्होंने उनसे कहा की , जल के बाकि दो स्थानों की ज़िम्मेदारी अभी भी तुम दोनों के कंधो पर है..।" ये आवाज़ सुनकर पार्थ चौंक गया । क्यूंकि यह वही आवाज़ थी जो वह अक्सर सपनों में सुनता था । परन्तु आज उनके सामने कोई मानव आकृति नहीं बल्कि एक सजीव वृद्‌ध व्यक्ति खड़े थे...। उन्होंने प्राक्षी और पार्थ से कहा , "तुम दोनों को इस धरती की रक्षा तब तक करनी होगी जब तक तुम्हारी जान में जान है....। परन्तु इस वक़्त तुम्हें वह बताना आवश्यक है , जो तुम नहीं जानते। जब वह वृद्‌ध व्यक्ति प्राक्षी और पार्थ से बात कर रहे थे तब TORNADO वहाँ पर आयी और हवा का रूप लेकर अदृश्य होकर उनकी बातें सुनने लगीं...।" उस व्यक्ति ने प्राक्षी और पार्थ से कहा , "मैं तुम्हें जल के एक और स्थान के बारे में बताऊंगा...। क्यूंकि जिस पल इस मंदिर का जल सुरक्षित हुआ । वह जल अवतरित हो गया है... । इसलिए तुम दोनों को उस जल की रक्षा करनी है.।" ये सुनकर पार्थ ने कहा , "हे महानुभाव ! गुरु भीखू ने कहा था कि जल के तीन स्थान हैं । तो क्या आप हमें बाकि के दो स्थानों के बारे में बता सकते हैं...।" ये सुनकर उस व्यक्ति ने कहा , "भीखू ने तुम्हें सिर्फ उतना बताया जितना मैंने उनको बताया था । वो मेरे शिष्य हैं और मैं उनका गुरु...। वो केवल उतनी बातें जानते हैं जितनी मैंने उन्हें बतायीं...। उन्होंने सिर्फ वो किया जो मैंने उनसे करने के लिए कहा...।"

ये सुनकर प्राक्षी और पार्थ दोनों नतमस्तक हो गए और कहा , "हे प्रभु ! कृपया अपना परिचय दीजिये , हम आपका तेज़ सहन नहीं कर पा रहे हैं...।" ये सुनकर उन वृद्‌ध व्यक्ति ने कहा , "मैं ही हूँ जो इस महान मंदिर का गुरुदेव हूँ....। मैं ही हूँ जिसने पार्थ की प्रयोगशाला के बाहर वो अभिमंत्रित जल रखा । मैं ही हूँ जिसने भीखू को तुम्हारे पास भेजा । मैं ही हूँ जिसके कहने पर भीखू ने पार्थ को शिक्षा दी....। मैं ही हूँ जो समय -

समय पर तुम्हारे सपनों में आकर तुम्हें मार्गदर्शन देता हूँ...। मैं तुम्हारा पिता हूँ बच्चों ..।"

ये सुनकर प्राक्षी और पार्थ जहाँ खड़े थे वहीं बैठ गए...। और अपने पिता से पूछा , "तो क्या सच में आप हमारे पिता हैं । पर हमने जब से होश संभाला तब से हम अकेले हैं..। हम लोग अनाथ आश्रम में पले बड़े , और हमेशा से अकेले रहे , तब आपने हमारा हाथ क्यों नहीं थामा पिता जी । इसके बाद उनके पिता ने कहा, "अगर मैं अपने बच्चों की रक्षा में लग जाता तो इस धरती की रक्षा कौन करता ?" अगर मैं शुरू से तुम्हारा हाथ थाम लेता , तो क्या तुम इस काबिल बनते की खुद की रक्षा कर पाओ...?" ये सुनकर प्राक्षी और पार्थ अपने पिता के गले से लग गए...। इसके बाद उनके पिता ने कहा, "तुम दोनों के जन्म के रहस्य से ही इस जल और ECHO गृह की कहानी जुड़ी है...। और उसी से प्राक्षी के गर्भ से जन्मी उस कन्या की नियति भी...। तुम्हारे जन्म की कथा पूरी हुए बिना उस कन्या के अस्तित्व की , उसकी शक्तियों की कहानी आगे ही नहीं बढ़ सकती है...। क्यूंकि वो अतीत से जुड़ी है । और ये समय अतीत के पन्नो को खोलने का नहीं वर्तमान में कर्म करके भविष्य को सँभालने का है...। इसलिए अपना कर्म करो मेरे बच्चों , जाओ और उस जल की रक्षा करो...।"

TORNADO ये सब बड़े ध्यान से सुन रही थी , और चूँकि उसने हवा का रूप लिया हुआ था इसलिए प्राक्षी और पार्थ उसे नहीं देख सकते थे । परन्तु उनके पिता देख सकते थे । उन्होंने फिर भी कुछ नहीं किया । क्यूंकि अगर वो हस्तक्षेप करते तो भविष्य के परिणामों पर उसका असर पड़ता । इसलिए सब कुछ जानते हुए भी वो चुप रहे । इसके बाद प्राक्षी और पार्थ ने अपने पिता से पूछा , "बताइये पिता जी आखिर कहाँ है वह जल के दो स्थान...?" ये सुनकर उनके पिता ने कहा... " मैं तुमको सिर्फ एक ही स्थान के बारे में बता सकता हूँ । दूसरे के बारे में तुम्हें स्वयं पता लगाना होगा । लेकिन एक बार तुम तीसरे स्थान तक पहंच गए तब ये यात्रा और भी दुर्गम होती जाएगी । इसीलिए तुम्हें एक दुसरे का साथ देना होगा ।मेरा आशीर्वाद सदैव तुम्हारे साथ है...।"

इसके बाद उनके पिता ने कहा , "जल का वह स्थान जिस मंदिर में है... वह बारह ज्योतिर्लिंगों में से प्रमुख है...। जो चार धामों में

सम्मिलित है...। जिसका उद्गम नर और नारायण ऋषि के तप से हुआ । जहाँ स्वयंभू महाकाल स्वयं वास करते हैं। माँ मन्दाकिनी जहाँ आशीष देती हैं...। वहीं पर इस जल का दूसरा स्थान है....। महादेव के बारह ज्योतिर्लिंगों में से प्रमुख होने के साथ , जो पांच केदारों में से एक है । वो स्थान है...."केदारनाथ" । इसके बाद प्राक्षी और पार्थ के पिता ने कहा , "इसलिए शीघ्र ही तुम केदारनाथ की ओर प्रस्थान करो । क्यूंकि अब एक पल की भी देरी बहुत बड़ी मुसीबत को जन्म देगी ।" इतना कहकर उनके पिता अन्तर्ध्यान हो गए ।

प्राक्षी और पार्थ ने केदारनाथ की ओर प्रस्थान किया...." परन्तु तब तक TORNADO ने ये जानकारी DRAVEN तक पंहुचा दी.. । आकाश में ही DRAVEN और TORNADO ने प्राक्षी और पार्थ का रास्ता रोक लिया...। DRAVEN के साथ एक नयी योद्धा को देख कर प्राक्षी ने पार्थ से कहा , "भाई तुम शीघ्रता से केदारनाथ पहुँचो , इन दोनों के अतिरिक्त ECHO पर मैंने किसी को जीवित नहीं छोड़ा । ये लोग तो क्या अगर पूरा ECHO भी आ जाये तो आज मुझसे नहीं जीत सकते आज मेरे साथ मेरे पिता का आर्शीवाद है...।" ये सुनकर पार्थ वहाँ से जाने लगा तब DRAVEN पार्थ पर प्रहार करने के लिए पलटा पर उससे पहले प्राक्षी ने DRAVEN की आँखों में इतनी तीव्र ऊर्जा डाली की वह कुछ देख नहीं पाया । तब तक पार्थ वहाँ से निकल गया । TORNADO ने उसके पीछे जाना चाहा पर प्राक्षी ने उसका रास्ता रोका और कहा , "तुम बेशक शक्तिशाली दिखाई देती हो पर एक भाई पर वार करने से पहले उसकी बहन को हराना होगा । इसके बाद DRAVEN और TORNADO दोनों प्राक्षी से युद्ध करने लगे ।

TORNADO ने अपनी पूरी शक्ति के साथ प्राक्षी पर प्रहार किया , परन्तु वह भी प्राक्षी के पंखो के कवच को नहीं भेद पायी... । जब प्राक्षी TORNADO से युद्ध में व्यस्त थी तब , DRAVEN ने अपना रूप बदला और इस बार उसने अपने अंदर की सभी शक्ति को समेटा और अदृश्य होकर प्राक्षी के दोनों पंख काट डाले ...।" प्राक्षी दर्द से कराह उठी और उसने गुस्से में DRAVEN को उठाकर दूर फेंक दिया ।" तब TORNADO DRAVEN को बचाने उसके पीछे गयी । प्राक्षी अपने पंखो

के कटने के बाद भी आकाश में थी , और दर्द से कराह रही थी । तब वहाँ उसके पिता आये और बोले, "अपनी शक्तियों को पहचानो पुत्री, वो दोनों बहुत शक्तिशाली होकर आये हैं , पर आज भी वो तुम्हारे सामने कुछ नहीं हैं । तुम्हारे शरीर के अंदर जीवन मणि है उसकी शक्तियों को पहचानो ।" इतना कहकर वो गायब हो गये ।"

तब प्राक्षी ने अपनी आँखे बंद की और ध्यान लगाकर अपने शरीर में मौजूद उस मणि की शक्तियों को महसूस किया , और ऐसा करते ही प्राक्षी के शरीर के सारे घाव भर गए । उसके पंख वापस आ गये और साथ ही उसकी आँखों में ऊर्जा आ गयी मानों अब प्राक्षी अपनी आँखों से भी प्रहार कर सकती थी । इसके बाद उसने केदारनाथ की ओर प्रस्थान किया।

12

Love And War

केदारनाथ भारत के उत्तराखंड राज्य के रुद्रप्रयाग में स्थित एक प्रसिद्ध मंदिर है...। हिमालय की गोद में स्थित ये मंदिर बारह ज्योतिर्लिंगों में सम्मिलित होने के साथ - साथ चार धाम और पांच केदार में से भी एक है...। पत्थरों तथा कत्यूरी शैली से बने इस मंदिर के बारे में कहा जाता है कि, इस मंदिर का निर्माण पांडवों के पौत्र महाराजा जन्मेजय ने कराया था...। यहाँ स्थित स्वयंभू शिवलिंग अति प्राचीन है...। मंदिर मन्दाकिनी नदी के घाट पर बना है...। भीतर घोर अंधकार रहता है , और दीपक के सहारे ही महाकाल के दर्शन होते हैं...। श्री केदारनाथ ज्योतिर्लिंग की महिमा का पुराणों एवं शस्त्रों में वर्णन बारम्बार किया गया है। यह ज्योतिर्लिंग पर्वतराज हिमालय की केदार नामक चोटी पर अवस्थित है। यहाँ की प्राकृतिक शोभा देखते ही बनती है।इस चोटी के पश्चिम भाग में पुण्यमती मन्दाकिनी नदी के तट पर स्थित केदारेश्वर महादेव का मन्दिर , अपने स्वरूप से ही हमें धर्म और अध्यात्म की ओर बढ़ने का सन्देश देता है। चोटी के पूर्व में अलकनन्दा के सुरम्य तट पर बदरीनाथ का परम प्रसिद्ध मन्दिर है। अलकनन्दा और मन्दाकिनी- ये दोनों नदियाँ नीचे रुद्रप्रयाग में आकर मिल जाती हैं। दोनों नदियों की यह संयुक्त धारा और नीचे देवप्रयाग में आकर भागीरथी से मिल जाती हैं। इस प्रकार परम पावन गंगा जी में स्नान करने वालों को भी श्री केदारेश्वर और बदरीनाथ के चरणों को धोने वाले जल का स्पर्श सुलभ

हो जाता है।

प्राक्षी और पार्थ दोनों अब केदारनाथ आ पहुंचे थे , और वहाँ जाकर उन्होंने महाकाल के दर्शन करके उनका आशीर्वाद लिया...। कुछ वक़्त बाद TORNADO और DRAVEN वहाँ पर आये , और उन दोनों ने अपनी शक्तियों से सेना का निर्माण किया । ये देखकर प्राक्षी ने DRAVEN से कहा , " चाहे 100 को ले आओ या हज़ार को लेकिन आज

महाकाल के इस मंदिर में तुम सबकी बलि से ही अभिषेक करूंगी मैं ।" इसके बाद DRAVEN ने प्राक्षी से कहा , "इस बार तुम और तुम्हारा भाई मुझसे अपनी जान की भीख मांगोगे ।" इसके बाद DRAVEN की सेना ने प्राक्षी और पार्थ पर हमला कर दिया ।" तब प्राक्षी और पार्थ दो जगह में बंट गए।

एक तरफ TORNADO और पूरी सेना प्राक्षी से लड़ रहे थे और दूसरी तरफ पार्थ DRAVEN से । उधर प्राक्षी पर DRAVEN की पूरी सेना ने TORNADO के इशारे पर हमला कर दिया । पूरी की पूरी सेना ने एक साथ प्राक्षी पर अपने शस्त्रों से प्रहार किया , पर प्राक्षी ने अपने नेत्रों की शक्ति मात्र से उन सभी शस्त्रों को निष्फल कर दिया । ये सब देखकर TORNADO को बहुत क्रोध आया और उसने अपनी सेना को और भी भयानक और ताक़तवर हथियार दिए । लेकिन प्राक्षी के पराक्रम के आगे वो सभी हथियार भी निष्फल हो गए , और साथ ही प्राक्षी ने अपने एक ही वार से DRAVEN की आधी सेना को समाप्त कर दिया । उधर DRAVEN और पार्थ में घमासान युद्ध चल रहा था, पर इस बार DRAVEN पार्थ पर भारी पड़ रहा था । DRAVEN, पार्थ को काफी बार घायल कर चुका था , परन्तु पार्थ भी हार मानने को तैयार नहीं था ।

आज DRAVEN की शक्तियों में अग्नि के साथ - साथ कुछ जल की शक्तियां भी थी । पार्थ ये नहीं समझ पा रहा था कि DRAVEN के पास आखिर जल की शक्तियां कहाँ से आयीं ?" पर वह ये नहीं जानता था कि अनजाने में जल की कुछ शक्तियां उसी ने DRAVEN को दे दी हैं , और इसके अलावा DRAVEN के पास आज ELRA की शक्तियां भी थीं । इसके बाद DRAVEN ने पार्थ पर अग्नि के गोले बरसाना शुरू किये । इससे पहले की पार्थ संभल पाता , वह DRAVEN के हमलों से घायल हो गया । उधर प्राक्षी के पराक्रम के आगे DRAVEN की सेना एक चींटी की भांति नज़र आ रही थी । जब भी कोई सैनिक प्राक्षी पर पीछे से हमला करने जाता , उसके पंख उसकी रक्षा करते थे । अपने भाई को घायल देख कर प्राक्षी को बहुत क्रोध आया और वह क्रोध से चिल्लाई , और अगले ही पल उसने DRAVEN की पूरी सेना का सर्वनाश कर दिया ।

ये देख कर TORNADO अब खुद प्राक्षी के सामने आ गयी। उसने प्राक्षी से कहा, "तुमने भले ही मेरे सैनिकों का वध कर दिया हो पर अब तुम मुझसे नहीं बच पाओगी।" ये सुनकर प्राक्षी ने कहा, " न मैं तुमसे डरती हूँ, न तुम्हारे खोखले दावों से इसलिए मुँह से नहीं अपनी शक्ति से युद्ध करो, अगर तुम्हारे पास शक्तियां हैं तो।" ये सुनकर TORNADO ने अचानक से प्राक्षी प्रहार किया। प्राक्षी इस वार के लिए तैयार नहीं थी और वह भूमि पर दूर जाकर गिरी। इस प्राक्षी को बहुत क्रोध आया और उसने अपने शरीर में मौजूद जीवन मणि की शक्तियों को एकत्र करके TORNADO पर एक ज़ोरदार प्रहार किया। प्राक्षी के इस वार से TORNADO आंधी में उड़ते किसी पत्ते की तरह उड़ कर भूमि पर जा गिरी।"

एक तरफ प्राक्षी और TORNADO एक दूसरे को कड़ी टक्कर दे रहे थे तो दूसरी तरफ DRAVEN और पार्थ के बीच युद्ध में DRAVEN पार्थ पर बहुत भारी पड़ रहा था। ये युद्ध कई दिनों तक चलता रहा, और अब पार्थ की शक्तियां DRAVEN की शक्तियों के आगे कमज़ोर पड़ने लगीं। ये देखकर प्राक्षी TORNADO से और आक्रामक होकर युद्ध करने लगी। प्राक्षी एक महापराक्रमी योद्धा थी, और TORNADO एक महाशक्ति से जन्मी योद्धा, परन्तु फिर भी उसकी शक्तियां प्राक्षी की शक्तियों के सामने बहुत सामान्य नज़र आने लगीं। प्राक्षी ने TORNADO पर निरंतर तीव्र गति से प्रहार करने शुरू कर दिए। TORNADO प्राक्षी के हर वार का उत्तर दे रही थी..। और उधर पार्थ अब DRAVEN के सामने ज्यादा देर टिकने वाला नहीं था। क्यूंकि DRAVEN के शरीर में ELRA की शक्तियां थी।"

ये देख कर प्राक्षी को बहुत क्रोध आया और वह क्रोध में चिल्लाई। प्राक्षी की दहाड़ से जो ऊर्जा और शक्ति उत्पन्न हुई उस ऊर्जा शक्ति मात्र से TORNADO घायल होकर दूर भूमि पर जा गिरी। प्राक्षी ने TORNADO को अपने दोनों हाथों में उठा लिया और उसके दो टुकड़े करने के लिए अपनी शक्ति से एक तलवार का निर्माण किया। परन्तु जैसे ही प्राक्षी ने उसको मारने के लिए तलवार उठायी। तभी DRAVEN ने चिल्ला कर कहा, "रुक जाओ अन्यथा आज तुम्हारा भाई इस लोक

से परलोक सिधार जायेगा ।" प्राक्षी ने पलट कर देखा तो पार्थ भूमि पर अचेत पड़ा था। उसकी शक्तियां जा रही थी और DRAVEN उसके सीने पर पैर धरे खड़ा था। ये देखकर प्राक्षी ने TORNADO को छोड़ दिया , परन्तु DRAVEN से कहा ," अगर आज तुमने मेरे भाई या इस मंदिर की किसी भी वस्तु को हाथ लगाया , तो मैं तुम्हारे साथ - साथ पूरे ECHO का सर्वनाश कर दूंगी , और उसकी एक झलक तो तुम देख ही चुके हो ।"

ये सुनकर DRAVEN ने पार्थ को वहीं छोड़ दिया और प्राक्षी की ओर प्रहार करने के लिए दौड़ा । प्राक्षी भी DRAVEN की तरफ दौड़ी और उसने DRAVEN के केश पकड़ कर उसे उठा लिया और कहा , "मैंने यही बात तुम्हारी पत्नी से कहना चाहती थी ,पर कहने से पहले उसको मैंने चीर डाला आज तुमसे कहती हूँ। मेरा भाई , मेरी बेटी ,और इस धरती माता के सब लोग मेरा परिवार हैं , और ये भूमि मेरा घर । मेरे घर पर अगर किसी ने वार किया तो महाकाल की सौगंध मैं उसकी नीव हिला दूंगी..।" ये कहकर प्राक्षी ने DRAVEN के केशों को उखाड़ दिया...।" DRAVEN दर्द से करहाने लगा । प्राक्षी उसे वहीं छोड़ पर पार्थ की तरफ बढ़ी पर TORNADO ने उसके आगे अग्नि की एक दीवार खड़ी कर दी । प्राक्षी ने पलट कर TORNADO की तरफ क्रोध भारी आँखों से देखा , और प्राक्षी की आँखे देख कर वह डर गयी । इसके बाद प्राक्षी ने उस दीवार को नीचे से लेकर ऊपर तक देखा । तभी DRAVEN ने TORNADO से कहा , "प्राक्षी को मैं संभालता हूँ। तुम मंदिर में जाओ और उस जल को प्राप्त करो..।" TORNADO ने अपना रूप बदला और मंदिर की तरफ बढ़ी । उधर प्राक्षी ने उस दीवार को तोड़ने के लिए जैसे ही अपनी शक्ति का प्रयोग करना चाहा । तभी जल की एक तीव्र बौछार ने उस दीवार को गिरा दिया ।

वह पार्थ था जिसने अपनी पूरी शक्ति लगाकर उस दीवार को गिरा दिया । ये देख कर DRAVEN ने पार्थ पर अग्नि प्रहार किया , और DRAVEN के प्रहार से पार्थ शक्तिविहीन होकर मनुष्य रूप में , सीधा मंदिर के सामने जाकर गिरा । ये देख कर प्राक्षी ने पलट कर DRAVEN से क्रोध में चिल्ला कर कहा , " लगता है पूरे परिवार का अंत मेरे हाथों होगा ।" और फिर DRAVEN और प्राक्षी के बीच घमासान युद्ध

छिड़ गया , "DRAVEN जानता था कि वह प्राक्षी की शक्तियों की आगे नहीं टिक सकता , परन्तु उसे सिर्फ प्राक्षी को रोकना था। क्यूंकि TORNADO कुछ ही पलों में जल लेकर आने ही वाली थी ।" DRAVEN ये भी जानता था कि, प्राक्षी चाहे उसे कितना भी घायल क्यों न कर दे , पर उसका वध नहीं कर सकती । क्यूंकि DRAVEN ECHO का राजा था, और उसका वध केवल उसी की शक्तियों से हो सकता था । DRAVEN ने प्राक्षी पर ELRA की सबसे घातक शक्ति से प्रहार किया , जो उसने केवल प्राक्षी के लिए बचा रखी थी । जवाब में प्राक्षी ने अपने हाथों से अग्नि की महाशक्ति का प्रयोग किया और उस शक्ति को स्वाहा कर दिया । DRAVEN ने अपनी शक्ति प्रदर्शन से प्राक्षी को रोके रखा , चाहे उस कोशिश में वह कितना ही घायल हो गया ।

उधर मंदिर के अंदर TORNADO ने महाकाल की जटाओं से बहते उस दिव्य जल को , जो की मोती की तरह चमक रहा था , उस जल को एक पात्र में भर लिया , और पात्र में भरते ही वह जल, महादेव की जटाओं से अदृश्य हो गया।" TORNADO बहुत खुश थी कि , उसने अपने महाराज के लिए उस जल को ढूंढ लिया ,जिसकी उन्हें तलाश थी । वह जल लेकर जैसे ही बाहर आयी, उसकी नज़र मंदिर के बाहर भूमि पर बेहोश पड़े पार्थ पर पड़ी । पार्थ अपने मनुष्य स्वरुप में था , TORNADO ने पार्थ को देखा और बस देखती ही रह गयी । वह पार्थ से पहली ही नज़र में प्यार कर बैठी । उसकी नज़र पार्थ से नहीं हट रही थी ।

DRAVEN ने जब TORNADO को जल पकडे देखा तो प्राक्षी से कहा, "देखो TORNADO के हाथ में मेरी विजय है और तुम्हारी हार ।" प्राक्षी ने देखा कि TORNADO के हाथ में वो दिव्य जल था जिसकी चमक पात्र से भी बाहर आ रही थी ।" ये देखकर प्राक्षी मंदिर के सामने गयी और TORNADO से कहा , "महाकाल के इस जल को व्यर्थ करने की कोशिश भी मत करना , ये वो जल है जो मृत शरीर को भी प्राण दे सकता है ।" इतने में DRAVEN भी आ गया और उसने कहा , "इन मनुष्यों की बातों में मत आओ , लाओ ये जल का पात्र मुझे दो और ECHO वापस चलो ।" प्राक्षी और DRAVEN दोनों ही वो पात्र मांगने लगे । और इसी बहस में उनका युद्ध फिर से शुरू होने वाला ही था कि ,

TORNADO ने उस पात्र से कुछ जल पार्थ के मुख में डाल दिया। और बाकि के जल को पार्थ के शरीर पर छिड़क दिया। ऐसा करते ही पार्थ के सभी घाव धीरे - धीरे भरने लगे। वह धीरे - धीरे चेतना में आने लगा।"

ये देखकर DRAVEN ज़ोर से चिल्लाया , "मूर्ख लड़की ये क्या किया तुमने ? अपने ही हाथों अपने गृह का नाश कर दिया। ये सुनकर TORNADO ने कहा , "न मेरा जन्म ECHO पर हुआ है , ना ही मेरा वहाँ से कोई रिश्ता है.. तुमने मुझे सिर्फ जल को प्राप्त करने के लिए बनाया है , मैं अजन्मा हूँ। इसलिए मेरा किसी से कोई रिश्ता नहीं , और रही बात जल की तो मैं इस मनुष्य से प्रेम करती हूँ। और प्रेम के बदले जल तो क्या अपनी भी क़ुरबानी देनी पड़े तो मैं तैयार हूँ ..।" ये सुनकर प्राक्षी ने DRAVEN से कहा , "प्रेम की शक्ति को तुम जैसे हैवान नहीं समझ सकते। अब तुम्हारे पास दो रास्ते हैं या तो वापस ECHO चले जाओ या युद्ध करते हुए मारे जाओ।" ये सुनकर DRAVEN ने कहा प्राक्षी , "मेरे पास एक तीसरा रास्ता भी है जिस वजह से TORNADO ने मुझसे बग़ावत की क्यों न उस वजह को ही समाप्त कर दिया जाये।"

इतना कहकर DRAVEN ने अपनी शक्ति पार्थ की तरफ फेंकी। ये देख कर प्राक्षी ने उस शक्ति के जवाब में प्रहार करना चाहा , पर उससे पहले ही TORNADO ने पार्थ को बचा लिया और उसने क्रोध में आकर DRAVEN पर पूरी शक्ति से प्रहार किया और TORNADO के इस प्रहार से DRAVEN एक पल में वहीं जल कर भस्म हो गया , क्यूंकि TORNADO स्वयं DRAVEN की शक्तियों से बनी थी। तभी पार्थ पूरी तरह होश में आ गया और उसने अपनी बहन को गले से लगा लिया। तब प्राक्षी ने उसे TORNADO के बारे में सब कुछ बताया , TORNADO ने अपने किये के लिए प्राक्षी और पार्थ से माफ़ी मांगी और पार्थ के सामने अपना प्रेम व्यक्त किया। पार्थ ने प्राक्षी की तरफ़ देखा और फिर शर्मा कर TORNADO को गले से लगा लिया।"

तभी वहाँ पर प्राक्षी और पार्थ के पिता प्रकट हुए और बोले , "इस कन्या और पार्थ का रिश्ता एक नए कल का आरम्भ करेगा। इस कन्या के पार्थ के जीवन में आते ही पार्थ को असीमित शक्तियाँ मिल गयी हैं। उस जल के पार्थ के शरीर में जाने से पार्थ की शक्तियां चार गुना बढ़

गयीं है । मेरा आशीर्वाद है तुम सब सही सलामत रहो ।" इतना कहकर वह वहाँ से चले गए ।" इसके बाद वो तीनों उस गुफा में गए , जहाँ पर AUSTIN और वो दोनों कन्या सुरक्षित थीं ।पार्थ ने देखते ही उन दोनों कन्याओं को गोद में उठा लिया , और अपनी बहन से कहा, "दीदी इनमें से आपकी पुत्री कौन सी है ?" मैं समझ नहीं पा रहा हूँ । ये सुनकर AUSTIN ने कहा , "जिस कन्या में तेज़ अधिक है वही कन्या तुम्हारी बहन की है । दूसरी कन्या उसका एक अंश है ।" इसके बाद पार्थ ने प्राक्षी से कहा , "क्या आपने इन दोनों का कोई नाम सोचा?' प्राक्षी ने पार्थ से कहा , "नहीं अभी तक तो हमने कोई नाम नहीं रखा । चलो ये काम तुम्हीं करो ।" प्राक्षी की बात सुनकर TORNADO बीच में बोली, "दीदी अगर आप बुरा न मानें तो क्या हम आपके पिताजी को ही इनका नाम रखने के लिए आमंत्रित करें ?" TORNADO की बात सुनकर प्राक्षी ने अपनी पिता को याद किया और वह तुरंत प्रकट हो गये ।

उनको देखकर AUSTIN ने उन्हें दंडवत प्रणाम किया । इसके बाद प्राक्षी और पार्थ के पिता ने कहा , "ये दोनों कन्याएं एक दूसरे की शक्ति बनेंगी । प्राक्षी की पुत्री बेशक अधिक शक्तिशाली होगी, परन्तु ये दूसरी कन्या हमेशा एक कदम आगे का सोचेगी । इस वक़्त ये भले ही एक जैसी दिखती हों , पर समय के साथ इनके रूप में परिवर्तन आएगा, पर इनके गुण में नहीं... मैं AUSTIN की कन्या को नाम देता हूँ.... **अद्विका** ।" इसके बाद प्राक्षी के पिता ने प्राक्षी और पार्थ से कहा... , "प्राक्षी की पुत्री के बारे में जानने से पहले तुमको अपनी उत्पत्ति के बारे में जानना होगा , तभी तुम समझ पाओगे कि ये कन्या कितनी महाशक्तिशाली है ।इसके पास जो शक्तियां हैं.. उतनी इस संसार में इस समय किसी के पास नहीं । परन्तु उनको नियंत्रित करना तुम लोगो को ही इसे सिखाना होगा , क्यूंकि इसका जन्म ECHO पर हुआ है , और इसका उद्गम जिस वक़्त हुआ उस वक़्त AUDRIC भी शैतानी सोच रखते थे । इसलिए इस कन्या को सही मार्ग पर चलाना ही होगा अन्यथा ये इस संसार को ही नष्ट कर देगी, और तुम में से कोई भी इसको रोक नहीं पायेगा । इसकी शक्तियों का राज बताने के लिए मैं तुम्हें , तुम्हारे जन्म , अपने जीवन , ECHO और उस जल के उद्गम की कथा सुनाता हूँ । ध्यान लगाकर सुनो इससे

तुम्हें इस कन्या को सही मार्ग पर लाने में सहायता मिलेगी ।" ये सुनकर पार्थ ने कहा , "पिताजी ! कथा सुनाने से पहले इस कन्या को कोई नाम तो दीजिये ।" ये सुनकर उसके पिता मुस्कुराये और कहा , "मैं अपनी पुत्री की इस अद्वितीय और अपराजेय कन्या को नाम देता हूँ... ख़ुशी ।

Book Review

प्राक्षी की कहानी ने एक नयी कहानी जो जन्म दिया , आखिरकार DRAVEN का अंत हुआ |लेकिन प्राक्षी की कहानी अपने पीछे कुछ सवालों के साथ साथ कुछ रहस्य भी छोड़ दी , आइये उन पर एक नज़र डालें

- क्या केवल DRAVEN ही एक अकेला था जो उस जल को चाहता था ?
- आखिर उस लॉकेट का क्या रहस्य है ?
- प्राक्षि की पुत्री की उत्पत्ति और नियति आखिर कैसे प्राक्षी और पार्थ के अतीत से जुड़ी है ?
- आखिर प्राक्षी और पार्थ के पिताजी कौन हैं ?
- क्या AUSTIN पहले से वो सब जानती है जो प्राक्षि और पार्थ के पिता बताने वाले हैं ?
- क्या ख़ुशी जो की प्राक्षि की पुत्री है क्या वो एक नकारात्मक सोच के साथ आगे बढ़ेगी ? या उसके अंदर भी इंसानीयत और प्यार की भावना होगी ?

जानने के लिए इंतज़ार कीजिये इंतज़ार कीजिये इस सीरीज़ की अगली पुस्तक का ....

Khushi : The Combatant (evil or idol ?)

Please Follow Instagram For Update : **@abhi_psr_07**

Kindly Give Your Feedback On Instgram For Improment Of Next Book.

Some Pics Credit : Google india.

Thank You.

Printed by Libri Plureos GmbH in Hamburg, Germany